韓語單字

한국어 단어 역시 재미있다.

真有趣

MP3

附40音發音表

國家圖書館出版品預行編目資料

韓語單字真有趣 / 雅典韓研所編著
-- 初版 -- 新北市：雅典文化，民105. 01
面； 公分. --（全民學韓語；24）
ISBN 978-986-5753-55-9(平裝附光碟片)
1. 韓語　　　　2. 詞彙
803. 22　　　　　　　　　　　　　104025089

全民學韓語　24

韓語單字真有趣

編著／雅典韓研所
責編／呂欣穎
美術編輯／王國卿
封面設計／姚恩涵

法律顧問：方圓法律事務所／涂成樞律師

總經銷：永續圖書有限公司　　CVS代理／美璟文化有限公司
永續圖書線上購物網　　　　　TEL：（02）2723-9968
www.foreverbooks.com.tw　　　FAX：（02）2723-9668

出版日／2016年01

 雅典文化

出版社　22103　新北市汐止區大同路三段194號9樓之1
TEL　（02）8647-3663
FAX　（02）8647-3660

韓文字是由基本母音、基本子音、複合母音、氣音和硬音所構成。

其組合方式有以下幾種:

1. 子音加母音,例如:저(我)
2. 子音加母音加子音,例如:밤(夜晚)
3. 子音加複合母音,例如:위(上)
4. 子音加複合母音加子音,例如:관(官)
5. 一個子音加母音加兩個子音,如:값(價錢)

簡易拼音使用方式:

1. 為了讓讀者更容易學習發音,本書特別使用「簡易拼音」來取代一般的羅馬拼音。

   規則如下,

   例如:

   그러면 우리 집에서 저녁을 먹자.

   geu.reo.myeon/u.ri/ji.be.seo/jeo.nyeo.geul/meok.jja

   ----------普遍拼音

   geu.ro*.myo*n/u.ri/ji.be.so*/jo*.nyo*.geul/mo*k.jja

   ------------簡易拼音

   那麼,我們在家裡吃晚餐吧!

   文字之間的空格以「/」做區隔。

   不同的句子之間以「//」做區隔。

基本母音：

	韓國拼音	簡易拼音	注音符號
ㅏ	a	a	ㄚ
ㅑ	ya	ya	ㄧㄚ
ㅓ	eo	o*	ㄛ
ㅕ	yeo	yo*	ㄧㄛ
ㅗ	o	o	ㄡ
ㅛ	yo	yo	ㄧㄡ
ㅜ	u	u	ㄨ
ㅠ	yu	yu	ㄧㄨ
ㅡ	eu	eu	(ㄜ)
ㅣ	i	i	ㄧ

特別提示：

1. 韓語母音「ㅡ」的發音和「ㄜ」發音類似，但是嘴型要拉開，牙齒要咬住，才發的準。

2. 韓語母音「ㅓ」的嘴型比「ㅗ」還要大，整個嘴巴要張開成「大O」的形狀，
「ㅗ」的嘴型則較小，整個嘴巴縮小到只有「小o」的嘴型，類似注音「ㄡ」。

3. 韓語母音「ㅕ」的嘴型比「ㅛ」還要大，整個嘴巴要張開成「大O」的形狀，
類似注音「ㄧㄛ」，「ㅛ」的嘴型則較小，整個嘴巴縮小到只有「小o」的嘴型，類似注音「ㄧㄡ」。

基本子音：

	韓國拼音	簡易拼音	注音符號
ㄱ	g,k	k	ㄎ
ㄴ	n	n	ㄋ
ㄷ	d,t	d,t	ㄊ
ㄹ	r,l	l	ㄌ
ㅁ	m	m	ㄇ
ㅂ	b,p	p	ㄆ
ㅅ	s	s	ㄙ,(ㄒ)
ㅇ	ng	ng	不發音
ㅈ	j	j	ㄗ
ㅊ	ch	ch	ㄘ

特別提示：

1. 韓語子音「ㅅ」有時讀作「ㄙ」的音，有時則讀作「ㄒ」的音。「ㄒ」音是跟母音「ㅣ」搭在一塊時，才會出現。

2. 韓語子音「ㅇ」放在前面或上面不發音；放在下面則讀作「ng」的音，像是用鼻音發「嗯」的音。

3. 韓語子音「ㅈ」的發音和注音「ㄗ」類似，但是發音的時候更輕，氣更弱一些。

氣音:

	韓國拼音	簡易拼音	注音符號
ㅋ	k	k	ㄎ
ㅌ	t	t	ㄊ
ㅍ	p	p	ㄆ
ㅎ	h	h	ㄏ

特別提示:

1. 韓語子音「ㅋ」比「ㄱ」的較重,有用到喉頭的音,音調類似國語的四聲。
   ㅋ＝ㄱ＋ㅎ
2. 韓語子音「ㅌ」比「ㄷ」的較重,有用到喉頭的音,音調類似國語的四聲。
   ㅌ＝ㄷ＋ㅎ
3. 韓語子音「ㅍ」比「ㅂ」的較重,有用到喉頭的音,音調類似國語的四聲。
   ㅍ＝ㅂ＋ㅎ

複合母音：

	韓國拼音	簡易拼音	注音符號
ㅐ	ae	e*	ㄝ
ㅒ	yae	ye*	ㄧㄝ
ㅔ	e	e	ㄟ
ㅖ	ye	ye	ㄧㄟ
ㅘ	wa	wa	ㄨㄚ
ㅙ	wae	we*	ㄨㄝ
ㅚ	oe	we	ㄨㄟ
ㅞ	we	we	ㄨㄟ
ㅝ	wo	wo	ㄨㄛ
ㅟ	wi	wi	ㄨㄧ
ㅢ	ui	ui	ㄛㄧ

特別提示：

1. 韓語母音「ㅐ」比「ㅔ」的嘴型大，舌頭的位置比較下面，發音類似「ae」；「ㅔ」的嘴型較小，舌頭的位置在中間，發音類似「e」。不過一般韓國人讀這兩個發音都很像。
2. 韓語母音「ㅒ」比「ㅖ」的嘴型大，舌頭的位置比較下面，發音類似「yae」；「ㅖ」的嘴型較小，舌頭的位置在中間，發音類似「ye」。不過很多韓國人讀這兩個發音都很像。
3. 韓語母音「ㅚ」和「ㅞ」比「ㅙ」的嘴型小些，「ㅙ」的嘴型是圓的；「ㅚ」、「ㅞ」則是一樣的發音。不過很多韓國人讀這三個發音都很像，都是發類似「we」的音。

硬音：

	韓國拼音	簡易拼音	注音符號
ㄲ	kk	g	ㄍ
ㄸ	tt	d	ㄉ
ㅃ	pp	b	ㄅ
ㅆ	ss	ss	ㄙ
ㅉ	jj	jj	ㄗ

特別提示：

1. 韓語子音「ㅆ」比「ㅅ」用喉嚨發重音，音調類似國語的四聲。
2. 韓語子音「ㅉ」比「ㅈ」用喉嚨發重音，音調類似國語的四聲。

*表示嘴型比較大

1 Chapter

모바일 하나로 편해지는 세상
移動通信讓世界變得便利

2 Chapter

패션은 사라져도 스타일은 영원하다.
時尚變遷，風格依舊。

3 Chapter

백성은 먹을 것을 하늘로 생각한다.
民以食為天。

4 Chapter

이 세상에 집보다 더 좋은 곳은 없다.
這個世界上沒有比家更好的地方。

5 Chapter

건강은 바로 만사의 즐거움과 희망의
원천이 된다.
健康是世上快樂與希望的泉源。

⑥ Chapter

인간은 가장 훌륭한 컴퓨터이다.
人類是最優秀的電腦。

7 Chapter

한국인이 자주 쓰는 관용어를 배워 봅시다.

一起學習韓國人最常用的慣用語吧！

Chapter 1

모바일 하나로 편해지는 세상
移動通信讓世界變得便利

主題單字

手機

이제는 스마트폰 시대다

現在是智慧型手機的時代

延伸單字

單字

이동통신	名詞
i.dong.tong.sin	移動通信

例 이동통신은 우리의 삶에서 떼려야 뗄 수 없다.

i.dong.tong.si.neun/u.ri.ui/sal.me.so*/de.ryo*.ya/del/su/o*p.da

我們的生活中不能沒有移動通信。

單字

모바일	名詞
mo.ba.il	手機、移動通信

例 모바일 하나로 모든게 해결할 수 있다.

mo.ba.il/ha.na.ro/mo.deun.ge/he*.gyo*l.hal/ssu.it.
da

只要有手機就可以解決所有的事。

單字

애플리케이션	名詞
e*.peul.li.ke.i.syo*n	應用程式

例 여기서 무료 애플리케이션을 다운로드 할
수 있습니다.

yo*.gi.so*/mu.ryo/e*.peul.li.ke.i.syo*.neul/da.ul.lo.
deu/hal/ssu.it.sseum.ni.da

這裡可以下載免費的應用程式。

單字

앱	名詞
e*p	手機應用程式（App）

例 요즘에는 참 신기하고 재미있는 앱이 많
은데요.

yo.jeu.me.neun/cham/sin.gi.ha.go/je*.mi.in.neun/
e*.bi/ma.neun.de.yo

最近有很多神奇又好玩的app。

單字

초고속	名詞
cho.go.sok	超高速

例 초고속 모바일인터넷 시대 개막.
cho.go.sok/mo.ba.i.rin.to*.net/si.de*/ge*.mak
超高速的行動網路時代開幕。

單字

통신 회사	詞組
tong.sin/hwe.sa	電信公司、通訊會社

例 주식회사 케이티는 대한민국의 통신 회사
이다.
ju.si.kwe.sa/ke.i.ti.neun/de*.han.min.gu.gui/tong.
sin/hwe.sa.i.da
株式會社KT是大韓民國的通訊公司。

單字

핸드폰	名詞
he*n.deu.pon	手機

例 이제 핸드폰 없이 살 수 없어요.
i.je/he*n.deu.pon/o*p.ssi/sal/ssu/o*p.sso*.yo
現在沒有手機活不下去。

單字

휴대전화	名詞
hyu.de*.jo*n.hwa	手機、攜帶電話

018 ▶

移動通信讓世界變得便利

例 휴대전화 사용금지.

hyu.de*.jo*n.hwa/sa.yong.geum.ji

禁止使用手機。

單字

휴대폰	名詞
hyu.de*.pon	手機、攜帶電話

例 나한테 휴대폰 배터리 두 개 있어요.

na.han.te/hyu.de*.pon/be*.to*.ri/du/ge*/i.sso*.yo

我有兩顆手機電池。

單字

스마트폰	名詞
seu.ma.teu.pon	智慧型手機

例 스마트폰이 물에 빠졌다.

seu.ma.teu.po.ni/mu.re/ba.jo*t.da

智慧型手機掉入水裡。

單字

카메라폰	名詞
ka.me.ra.pon	照相手機

例 카메라폰은 사진을 찍거나 비디오를 촬영할 수 있다.

ka.me.ra.po.neun/sa.ji.neul/jjik.go*.na/bi.di.o.reul/chwa.ryo*ng.hal/ssu/it.da

照相手機可以拍照片和攝影。

單字

폴더형 핸드폰	名詞
pol.do*.hyo*ng/he*n.deu.pon	折疊手機

例 저는 아직도 폴더형 핸드폰을 쓰고 있어요.
jo*.neun/a.jik.do/pol.do*.hyo*ng/he*n.deu.po.neul/
sseu.go/i.sso*.yo
我現在還在用折疊手機。

單字

슬라이드폰	名詞
seul.la.i.deu.pon	滑蓋手機

例 폴더형 핸드폰보다 슬라이드폰은 화면이
더 커요.
pol.do*.hyo*ng/he*n.deu.pon.bo.da/seul.la.i.deu.po.
neun/hwa.myo*.ni/do*/ko*.yo
滑蓋手機比折疊手機的螢幕畫面更大。

單字

애플	名詞
e*.peul	蘋果

例 애플의 스마트폰은 값이 비싸요.
e*.peu.rui/seu.ma.teu.po.neun/gap.ssi/bi.ssa.yo
蘋果的智慧型手機價格很貴。

單字

삼성전자	名詞
sam.so*ng.jo*n.ja	三星電子

例 삼성전자의 제품이 여러가지가 있다.

sam.so*ng.jo*n.ja.ui/je.pu.mi/yo*.ro*.ga.ji.ga/it.da

三星電子的產品有很多樣。

單字

LG 전자	名詞
LG.jo*n.ja	LG 電子

例 LG전자도 한국에서 아주 큰 회사다.

LG.jo*n.ja.do/han.gu.ge.so*/a.ju/keun/hwe.sa.da

LG 電子在韓國也是很大的公司。

單字

터치스크린	名詞
to*.chi.seu.keu.rin	觸控面板

例 저희 회사에서 터치스크린을 개발, 생산하
고 있습니다.

jo*.hi/hwe.sa.e.so*/to*.chi.seu.keu.ri.neul/ge*.bal//
se*ng.san.ha.go/it.sseum.ni.da

我們公司在開發與生產觸控面板。

單字

화소	名詞
hwa.so	畫素

例 이 카메라 화소는 800만 화소입니다.

i/ka.me.ra/hwa.so.neun/pal.be*ng.man/hwa.so.im.ni.da

這台相機是800萬畫素。

單字

블루투스	名詞
beul.lu.tu.seu	藍芽

例 블루투스는 유선 USB를 대체하는 개념이
다.
beul.lu.tu.seu.neun/yu.so*n/USB.reul/de*.che.ha.
neun/ge*.nyo*.mi.da
藍芽是替代有線USB的概念。

單字

기능	名詞
gi.neung	功能

例 이 스마트폰은 무슨 기능이 있어요?
i/seu.ma.teu.po.neun/mu.seun/gi.neung.i/i.sso*.yo
這台智慧型手機有什麼功能？

單字

스마트시계	名詞
seu.ma.teu.si.gye	智慧型手錶

例 스마트시계를 사용해 본 적 있어요?
seu.ma.teu.si.gye.reul/ssa.yong.he*/bon/jo*k/i.sso*.yo
你有使用過智慧型手錶嗎？

單字

배터리	名詞
be*.to*.ri	電池

例 휴대폰 배터리가 다 되어가니까 나중에 전
화할게요.

hyu.de*.pon/be*.to*.ri.ga/da/dwe.o*.ga.ni.ga/na.
jung.e/jo*n.hwa.hal.ge.yo

我手機快沒電了，以後再打電話給你。

單字

보조배터리	名詞
bo.jo.be*.to*.ri	行動電源

例 이것은 대용량 보조배터리입니다.
i.go*.seun/de*.yong.nyang/bo.jo.be*.to*.ri.im.ni.da
這是大容量的行動電源。

單字

가정용충전기	名詞
ga.jo*ng.yong.chung.jo*n.gi	家庭用充電器

例 가정용충전기를 잃어버렸다.
ga.jo*ng.yong.chung.jo*n.gi.reul/i.ro*.bo*.ryo*t.da
我把家庭用充電器給弄丟了。

單字

충전케이블	名詞
chung.jo*n.ke.i.beul	充電線、USB 線

例 이 충전케이블은 누구 거예요?
i/chung.jo*n.ke.i.beu.reun/nu.gu/go*.ye.yo
這個USB充電線是誰的？

單字

충전하다	**動詞**
chung.jo*n.ha.da	充電

例 핸드폰 충전하는 걸 깜박 잊었어요.

he*n.deu.pon/chung.jo*n.ha.neun/go*l/gam.bak/i.jo*.sso*.yo

我忘記要幫手機充電了。

單字

휴대폰줄	**名詞**
hyu.de*.pon.jul	手機繩、手機吊飾

例 내 스마트폰에 휴대폰줄을 걸 수 없어요.

ne*/seu.ma.teu.po.ne/hyu.de*.pon.ju.reul/go*l/su/o*p.sso*.yo

我的智慧型手機不能掛手機吊飾。

單字

핸드폰고리	**名詞**
he*n.deu.pon.go.ri	手機吊飾

例 나는 핸드폰고리를 만들 줄 알아요.

na.neun/he*n.deu.pon.go.ri.reul/man.deul/jjul/a.ra.yo

我會製作手機吊飾。

單字

휴대폰 소품	**詞組**
hyu.de*.pon/so.pum	手機小物

例 여기는 휴대폰 소품을 파는 곳이에요.

yo*.gi.neun/hyu.de*.pon/so.pu.meul/pa.neun/go.si.
e.yo

這裡是賣手機小物的地方。

單字

휴대폰 용품	名詞
hyu.de*.pon/yong.pum	手機用品

例 근처에 휴대폰 용품을 파는 가게가 있어요?

geun.cho*.e/hyu.de*.pon/yong.pu.meul/pa.neun/ga.
ge.ga/i.sso*.yo

附近有賣手機用品的商店嗎？

單字

핸드폰 이어폰	詞組
he*n.deu.pon/i.o*.pon	手機耳機

例 핸드폰 이어폰을 끼고 노래를 들어요.

he*n.deu.pon/i.o*.po.neul/gi.go/no.re*.reul/deu.ro*.yo

戴手機耳機聽歌。

單字

이어폰마개	名詞
i.o*.pon.ma.ge*	耳機塞

例 이어폰마개 한 개에 얼마예요?

i.o*.pon.ma.ge*/han/ge*.e/o*l.ma.ye.yo

耳機塞一個多少錢？

單字

이어캡	名詞
i.o*.ke*p	耳機塞

例 이게 뭐예요? 이어캡이에요?
i.ge/mwo.ye.yo//i.o*.ke*.bi.e.yo
這是什麼？是耳機塞嗎？

單字

휴대폰 거치대	名詞
hyu.de*.pon/go*.chi.de*	手機座

例 휴대폰 거치대가 편리합니다.
hyu.de*.pon/go*.chi.de*.ga/pyo*l.li.ham.ni.da
手機座很便利。

單字

휴대폰 지갑	名詞
hyu.de*.pon/ji.gap	手機套

例 이 휴대폰 지갑은 진짜 가죽이에요?
i/hyu.de*.pon/ji.ga.beun/jin.jja/ga.ju.gi.e.yo
這個手機套是真皮的嗎？

單字

핸드폰 케이스	名詞
he*n.deu.pon/ke.i.seu	手機殼

例 이 커플 핸드폰케이스는 참 특이하네요.

i/ko*.peul/he*n.deu.pon.ke.i.seu.neun/cham/teu.ki. ha.ne.yo

這個情侶手機殼真特別。

單字

보호필름	名詞
bo.ho.pil.leum	保護貼

例 이것은 지문방지 보호필름입니다.

i.go*.seun/ji.mun.bang.ji/bo.ho.pil.leu.mim.ni.da

這個防指紋的保護貼。

單字

배경화면	名詞
be*.gyo*ng.hwa.myo*n	桌布、桌面

例 내 핸드폰 배경화면은 여친 사진이에요.

ne*/he*n.deu.pon/be*.gyo*ng.hwa.myo*.neun/yo*. chin/sa.ji.ni.e.yo

我的手機桌布是女朋友的照片。

單字

모바일 게임	詞組
mo.ba.il/ge.im	手機遊戲

例 재미있는 모바일 게임 좀 추천해 줘요.
je*.mi.in.neun/mo.ba.il/ge.im/jom/chu.cho*n.he*/
jwo.yo
請推薦我好玩的手機遊戲。

單字

전자책	名詞
jo*n.ja.che*k	電子書

例 어디서 무료 전자책을 다운로드 할 수 있
어요?
o*.di.so*/mu.ryo/jo*n.ja.che*.geul/da.ul.lo.deu/hal/
ssu/i.sso*.yo
哪裡可以下載得到免費的電子書？

單字

카카오톡	名詞
ka.ka.o.tok	KakaoTalk (通訊應用程式)

例 카카오톡으로 친구 해요.
ka.ka.o.to.geu.ro/chin.gu/he*.yo
我們用KakaoTalk交朋友吧。

單字

라인	名詞
ra.in	LINE (通訊應用程式)

例 라인 스티커를 너무 좋아해요.
ra.in/seu.ti.ko*.reul/no*.mu/jo.a.he*.yo
我很喜歡LINE的貼圖。

單字

스티커	名詞
seu.ti.ko*	貼圖

例 스티커로 대화가 더 즐거워집니다.
seu.ti.ko*.ro/de*.hwa.ga/do*/jeul.go*.wo.jim.ni.da
用貼圖對話更有趣。

單字

이모티콘	名詞
i.mo.ti.kon	表情圖示

例 무료 이모티콘을 사용해요.
mu.ryo/i.mo.ti.ko.neul/ssa.yong.he*.yo
使用免費的表情圖示。

單字

QR 코드	名詞
QR.ko.deu	行動條碼

例 QR코드 사용법 좀 가르쳐 주세요.
QR.ko.deu/sa.yong.bo*p/jom/ga.reu.cho*/ju.se.yo
請教我使用行動條碼的方法。

單字

그룹 대화	詞組
geu.rup de*.hwa	群組對話

例 라인으로 그룹 대화가 가능합니다.
ra.i.neu.ro/geu.rup/de*.hwa.ga/ga.neung.ham.ni.da
用LINE可以進行群組對話。

單字

친구 추가하기	詞組
chin.gu/chu.ga.ha.gi	加朋友

例 LINE ID로 친구를 추가해요.

ra.in/ID.ro/chin.gu.reul/chu.ga.he*.yo

用LINE的ID新增朋友。

單字

무료 메시지	詞組
mu.ryo/me.si.ji	免費訊息

例 스마트폰은 무료 메시지를 보낼 수 있다.

seu.ma.teu.po.neun/mu.ryo/me.si.ji.reul/bo.ne*l/su/

it.da

智慧型手機可以傳送免費的訊息。

單字

음성 메시지	詞組
eum.so*ng/me.si.ji	語音訊息

例 음성 메시지로 전화번호를 남겨 주세요.

eum.so*ng/me.si.ji.ro/jo*n.hwa.bo*n.ho.reul/nam.

gyo*/ju.se.yo

請用語音訊息留下電話號碼。

單字

무료 영상통화	詞組
mu.ryo/yo*ng.sang.tong.hwa	免費視訊通話

例 와이파이가 되면 무료 영상통화도 가능합
니다.

wa.i.pa.i.ga/dwe.myo*n/mu.ryo/yo*ng.sang.tong.
hwa.do/ga.neung.ham.ni.da

如果連上Wifi就可以進行免費的視訊通話。

單字

무료 음성통화	詞組
mu.ryo/eum.so*ng.tong.hwa	免費語音通話

例 언제든지 무료로 음성통화를 할 수 있습
니다.

o*n.je.deun.ji/mu.ryo.ro/eum.so*ng.tong.hwa.reul/
hal/ssu/it.sseum.ni.da

不管在什麼時候都可以免費通話。

單字

동영상 촬영	詞組
dong.yo*ng.sang/chwa.ryo*ng	拍攝影片

例 핸드폰으로 사진 찍어 주세요.

he*n.deu.po.neu.ro/sa.jin/jji.go*/ju.se.yo

請用手機幫我拍照。

單字

벨소리	名詞
bel.so.ri	鈴聲

例 벨소리가 안 들려요.

bel.so.ri.ga/an/deul.lyo*.yo

聽不見鈴聲。

單字

컬러링	名詞
ko*l.lo*.ring	彩鈴

例 컬러링을 변경하고 싶어요.

ko*l.lo*.ring.eul/byo*n.gyo*ng.ha.go/si.po*.yo

我想變更彩鈴。

單字

진동	名詞
jin.dong	震動

例 휴대폰은 진동으로 바꿔 주세요.

hyu.de*.po.neun/jin.dong.eu.ro/ba.gwo/ju.se.yo

請將手機改成震動。

單字

로밍	名詞
ro.ming	漫遊

例 로밍의 요금은 얼마인가?

ro.ming.ui/yo.geu.meun/o*l.ma.in.ga

漫遊的費用是多少？

單字

문자 메시지를 보내다	**詞組**
mun.ja/me.si.ji.reul/bo.ne*.da	傳送文字訊息

例 이제 수업 들어가니까 문자 메시지로 보내 줘요.

i.je/su.o*p/deu.ro*.ga.ni.ga/mun.ja/me.si.ji.ro/bo.ne*/jwo.yo

我現在要上課了，你傳訊息給我。

單字

문자 메시지를 받다	**詞組**
mun.ja/me.si.ji.reul/bat.da	收到文字訊息

例 선배한테서 문자 메시지를 받았다.

so*n.be*.han.te.so*/mun.ja/me.si.ji.reul/ba.dat.da

從前輩那收到了文字訊息。

單字

휴대폰을 켜다	**詞組**
hyu.de*.po.neul/kyo*.da	（手機）開機

例 휴대폰을 켜세요.

hyu.de*.po.neul/kyo*.se.yo

請開機。

單字

휴대폰을 끄다	**詞組**
hyu.de*.po.neul/geu.da	（手機）關機

例 휴대폰을 끄세요.

hyu.de*.po.neul/geu.se.yo

請關掉手機。

單字

고장나다	動詞
go.jang.na.da	故障

例 핸드폰이 고장났다.

he*n.deu.po.ni/go.jang.nat.da

手機壞掉了。

單字

수리하다	動詞
su.ri.ha.da	修理

例 점심시간을 이용해서 고장난 핸드폰을 수
리했다.

jo*m.sim.si.ga.neul/i.yong.he*.so*/go.jang.nan/he*
n.deu.po.neul/ssu.ri.he*t.da

利用中午時間修理了壞掉的手機。

單字

망가뜨리다	動詞
mang.ga.deu.ri.da	弄壞、搞壞

例 제가 제 핸드폰을 망가뜨렸어요.

je.ga/je/he*n.deu.po.neul/mang.ga.deu.ryo*.sso*.yo

我把我的手機弄壞了。

主題單字

電話

전화는 사람들 사이의 거리를 단
축시킨다.

電話縮短了人與人的距離

延伸單字

單字

전화	名詞
jo*n.hwa	電話

例 여전히 전화는 전 세계 가정의 필수품이다.

yo*.jo*n.hi/jo*n.hwa.neun/jo*n/se.gye/ga.jo*ng.ui/
pil.su.pu.mi.da

電話仍然是全世界家庭的必需品。

單字

공중전화	**名詞**
gong.jung.jo*n.hwa	公眾電話

例 공중전화는 어디에 있습니까?

gong.jung.jo*n.hwa.neun/o*.di.e/it.sseum.ni.ga

公共電話在哪裡？

單字

무선전화	**名詞**
mu.so*n.jo*n.hwa	無線電話

例 우리 집에서도 무선전화기를 써요.

u.ri/ji.be.so*.do/mu.so*n.jo*n.hwa.gi.reul/sso*.yo

我們家也是用無線電話。

單字

유선전화	**名詞**
yu.so*n.jo*n.hwa	有線電話

例 대부분의 집이나 사무실에 유선전화를 설치하고 있다.

de*.bu.bu.nui/ji.bi.na/sa.mu.si.re/yu.so*n.jo*n.hwa.reul/so*l.chi.ha.go/it.da.

大部分的家庭或辦公室都設有有線電話。

單字

국제전화	**名詞**
guk.jje.jo*n.hwa	國際電話

例 여기서 국제전화를 할 수 있나요?

yo*.gi.so*/guk.jje.jo*n.hwa.reul/hal.ssu.in.na.yo

這裡可以打國際電話嗎？

單字

시내전화	名詞
si.ne*.jo*n.hwa	市內電話

例 올해 7월부터 시내전화 요금도 오를 거예요.

ol.he*/chi.rwol.bu.to*/si.ne*.jo*n.hwa/yo.geum.do/
o.reul/go*.ye.yo

從今年七月開始市內電話也將調漲。

單字

시외전화	名詞
si.we.jo*n.hwa	長途電話

例 포항으로 시외전화를 하려는데요.

po.hang.eu.ro/si.we.jo*n.hwa.reul/ha.ryo*.neun.de.yo

我想打長途電話到浦項。

單字

장난전화	名詞
jang.nan.jo*n.hwa	騷擾電話

例 어젯밤에 누가 장난전화를 걸었는데 무서웠어요.

o*.jet.ba.me/nu.ga/jang.nan.jo*n.hwa.reul/go*.ro*n.
neun.de/mu.so*.wo.sso*.yo

昨天晚上有人打騷擾電話過來，好可怕。

單字

수화기	名詞
su.hwa.gi	（電話）聽筒

例 수화기를 내게 줘 봐.
su.hwa.gi.reul/ne*.ge/jwo/bwa
把聽筒給我。

單字

송화기	名詞
song.hwa.gi	（電話）話筒

例 입을 송화기에 가까이 대세요.
i.beul/ssong.hwa.gi.e/ga.ga.i/de*.se.yo
請把嘴巴靠近話筒。

單字

전화번호	名詞
jo*n.hwa.bo*n.ho	電話號碼

例 그 사람의 전화번호를 물었다.
geu/sa.ra.mui/jo*n.hwa.bo*n.ho.reul/mu.ro*t.da
問了那個人的電話號碼。

單字

지역번호	名詞
ji.yo*k.bo*n.ho	區域號碼

例 지역번호 031 은 경기도 지역의 전화번호이다.

ji.yo*k.bo*n.ho/gong.sa.mi.reun/gyo*ng.gi.do/ji.
yo*.gui/jo*n.hwa.bo*n.ho.i.da

區域號碼031是京畿道地區的電話號碼。

單字

국가번호	名詞
guk.ga.bo*n.ho	國碼

例 한국의 국가번호는 뭡니까?

han.gu.gui/guk.ga.bo*n.ho.neun/mwom.ni.ga

韓國的國碼是什麼？

單字

전화번호부	名詞
jo*n.hwa.bo*n.ho.bu	電話簿

例 전화번호부에서 아저씨 번호 좀 찾아 줘요.

jo*n.hwa.bo*n.ho.bu.e.so*/a.jo*.ssi/bo*n.ho/jom/
cha.ja/jwo.yo

幫我從電話簿中找找大叔的號碼。

單字

내선번호	名詞
ne*.so*n.bo*n.ho	分機號碼

例 과장님의 내선번호를 알고 있습니까?

gwa.jang.ni.mui/ne*.so*n.bo*n.ho.reul/al.go/it.
sseum.ni.ga

你知道課長的分機號碼嗎？

單字

통화료	名詞
tong.hwa.ryo	電話費

例 지난달 통화료가 너무 많이 나왔다.

ji.nan.dal/tong.hwa.ryo.ga/no*.mu/ma.ni/na.wat.da

上個月的電話費很貴。

單字

자동응답전화기	名詞
ja.dong.eung.dap.jjo*n.hwa.gi	電話自動答錄機

例 자동응답전화기에 남겨놓는 말은 뭐예요?

ja.dong.eung.dap.jjo*n.hwa.gi.e/nam.gyo*.non.

neun/ma.reun/mwo.ye.yo

電話自動答錄機的留言是什麼？

單字

발신번호 표시	詞組
bal.ssin.bo*n.ho/pyo.si	來電顯示

例 발신자번호 표시 기능.

bal.ssin.ja.bo*n.ho/pyo.si/gi.neung

來電顯示功能。

單字

팩스를 보내다	詞組
pe*k.sseu.reul/bo.ne*.da	發傳真

例 팩스 보내는 방법을 설명하겠습니다.

pe*k.sseu/bo.ne*.neun/bang.bo*.beul/sso*l.myo*ng.ha.get.sseum.ni.da

我來說明發傳真的方法。

單字

전화를 걸다	詞組
jo*n.hwa.reul/go*l.da	打電話

例 미안합니다. 전화를 잘못 걸었습니다.

mi.an.ham.ni.da//jo*n.hwa.reul/jjal.mot/go*.ro*t.sseum.ni.da

對不起，我打錯電話了。

單字

전화를 끊다	詞組
jo*n.hwa.reul/geun.ta	掛電話

例 그럼 전화를 끊을게요.

geu.ro*m/jo*n.hwa.reul/geu.neul.ge.yo

那我掛電話了。

單字

전화를 받다	詞組
jo*n.hwa.reul/bat.da	接電話

例 전화가 왔다. 전화 좀 받아줄래?

jo*n.hwa.ga/wat.da//jo*n.hwa/jom/ba.da.jul.le*

電話響了，可以幫我接個電話嗎？

單字

전화벨이 울리다	**詞組**
jo*n.hwa.be.ri/ul.li.da	電話鈴響

例 전화벨이 두 번 울렸다.

jo*n.hwa.be.ri/du/bo*n/ul.lyo*t.da

電話鈴響了兩次。

單字

번호를 누르다	**詞組**
bo*n.ho.reul/nu.reu.da	按電話號碼

例 전화번호 눌러볼까?

jo*n.hwa.bo*n.ho/nul.lo*.bol.ga

我們打電話看看吧?

單字

통화시간	**名詞**
tong.hwa.si.gan	通話時間

例 총 통화시간은 어떻게 확인할 수 있나요?

chong/tong.hwa.si.ga.neun/o*.do*.ke/hwa.gin.hal/

ssu/in.na.yo

總通話時間要如何確認?

單字

통화중	**名詞**
tong.hwa.jung	通話中、占線中

例 통화중이네요. 나중에 다시 걸어요.

tong.hwa.jung.i.ne.yo//na.jung.e/da.si/go*.ro*.yo

通話中，以後再打吧。

單字

여보세요	會話
yo*.bo.se.yo	喂

例 여보세요. 거기 119맞죠?

yo*.bo.se.yo//go*.gi/i.ril.gu.mat.jjyo

喂，那裡是119對吧？

單字

연결이 안 되다	會話
yo*n.gyo*.ri/an/dwe.da	（電話）打不通

例 전화했는데 연결이 안 돼요.

jo*n.hwa.he*n.neun.de/yo*n.gyo*.ri/an/dwe*.yo

打過電話了，但是打不通。

主題單字

電腦

컴퓨터는 과연 만능인가?

電腦果真是萬能的嗎？

延伸單字

單字

컴퓨터	名詞
ko*m.pyu.to*	電腦

例 오늘 컴퓨터를 끄지 말아요.

o.neul/ko*m.pyu.to*.reul/geu.ji/ma.ra.yo

今天不要關電腦。

單字

데스크톱 컴퓨터	**詞組**
de.seu.keu.top/ko*m.pyu.to*	桌上型電腦

例 거실에 데스크톱 컴퓨터 한 대가 있다.

go*.si.re/de.seu.keu.top/ko*m.pyu.to*/han/de*.ga/
it.da

客廳有一台桌上型電腦。

單字

노트북	**名詞**
no.teu.buk	筆記型電腦

例 저 노트북으로 검색해 보세요.

jo*/no.teu.bu.geu.ro/go*m.se*.ke*/bo.se.yo

請使用那台筆記型電腦搜尋。

單字

모니터	**名詞**
mo.ni.to*	螢幕

例 컴퓨터 모니터가 안 켜져요.

ko*m.pyu.to*/mo.ni.to*.ga/an/kyo*.jo*.yo

電腦螢幕不會亮。

單字

키보드	**名詞**
ki.bo.deu	鍵盤

韓語單字真有趣

例 키보드가 없으면 글을 입력할 수 없다.

ki.bo.deu.ga/o*p.sseu.myo*n/geu.reul/im.nyo*.kal/
ssu/o*p.da

沒有鍵盤就無法輸入文字。

單字	
마우스	**名詞**
ma.u.seu	滑鼠

例 노트북은 터치패드로 마우스 역할을 대신
할 수 있다.

no.teu.bu.geun/to*.chi.pe*.deu.ro/ma.u.seu/yo*.ka.
reul/de*.sin/hal/ssu/it.da

筆記型電腦的觸控板可以取代滑鼠。

單字	
스피커	**名詞**
seu.pi.ko*	喇叭

例 음질이 좋은 스피커로 바꾸고 싶다.

eum.ji.ri/jo.eun/seu.pi.ko*.ro/ba.gu.go/sip.da

我想換音質好的喇叭。

單字	
스캐너	**名詞**
seu.ke*.no*	掃描機

例 집에 스캐너가 없어서 불편해요.

ji.be/seu.ke*.no*.ga/o*p.sso*.so*/bul.pyo*n.he*.yo

家裡沒有掃描機很不方便。

• track 038

單字

프린터	名詞
peu.rin.to*	印表機

例 지금 프린터는 고장이 나서 못 씁니다.
ji.geum/peu.rin.to*.neun/go.jang.i/na.so*/mot/sseum.ni.da
現在印表機故障了不能使用。

單字

모뎀	名詞
mo.dem	數據機

例 모뎀은 정상인데 인터넷 연결이 안 되네요.
mo.de.meun/jo*ng.sang.in.de/in.to*.net/yo*n.gyo*.ri/an/dwe.ne.yo
數據機正常但連接不上網路耶。

單字

액정스크린	名詞
e*k.jjo*ng.seu.keu.rin	液晶屏幕

例 액정스크린이 깨졌다고요?
e*k.jjo*ng.seu.keu.ri.ni/ge*.jo*t.da.go.yo
你說液晶屏幕破碎了？

單字

터치스크린	名詞
to*.chi.seu.keu.rin	觸控式屏幕

例 생일 때 터치스크린 노트북을 받았다.
se*ng.il/de*/to*.chi.seu.keu.rin/no.teu.bu.geul/ba.
dat.da
生日時我收到了觸控式筆記型電腦。

單字

해커	名詞
he*.ko*	電腦駭客

例 컴퓨터 해커들은 컴퓨터를 어디서 배우지?
ko*m.pyu.to*/he*.ko*.deu.reun/ko*m.pyu.to*.reul/
o*.di.so*/be*.u.ji
電腦駭客都是在哪學電腦的？

單字

업그레이드	名詞
o*p.geu.re.i.deu	升級、更新

例 업그레이드가 완료되지 않았습니다.
o*p.geu.re.i.deu.ga/wal.lyo.dwe.ji/a.nat.sseum.ni.da
更新尚未完成。

單字

버전	名詞
bo*.jo*n	版本

例 새 버전은 올 하반기에 출시된다고 들었다.
se*/bo*.jo*.neun/ol/ha.ban.gi.e/chul.si.dwen.da.go/
deu.ro*t.da
聽說新版本將在今年下半期上市。

單字

엔터키	名詞
en.to*.ki	ENTER 鍵

例 다음과 같은 메시지가 화면에 나타나면 엔터키를 누르세요.

da.eum.gwa/ga.teun/me.si.ji.ga/hwa.myo*.ne/na.ta.na.myo*n/en.to*.ki.reul/nu.reu.se.yo

如果畫面出現了如下的訊息,請按下ENTER鍵。

單字

메뉴	名詞
me.nyu	選單

例 메인 메뉴에서 EXIT(종료)를 선택합니다.

me.in/me.nyu.e.so*/jong.nyo.reul/sso*n.te*.kam.ni.da

在主選單選擇EXIT(結束)。

單字

대화상자	名詞
de*.hwa.sang.ja	對話框

例 대화상자가 나오면 [동의함]을 체크하세요.

de*.hwa.sang.ja.ga/na.o.myo*n/dong.ui.ha.meul/che.keu.ha.se.yo

對話框出現後,請勾選「同意」。

單字	
바탕화면	**名詞**
ba.tang.hwa.myo*n	桌面

例 노트북 모니터의 바탕화면은 본인의 사진이었다.

no.teu.buk/mo.ni.to*.ui/ba.tang.hwa.myo*.neun/bo.ni.nui/sa.ji.ni.o*t.da

筆電螢幕的桌面是本人的照片。

單字	
커서	**名詞**
ko*.so*	游標

例 마우스 커서가 움직이지 않아요.

ma.u.seu/ko*.so*.ga/um.ji.gi.ji/a.na.yo

滑鼠游標不會動。

單字	
파일	**名詞**
pa.il	文件、檔案

例 이 파일은 열 수가 없네요. 도와 주세요.

i/pa.i.reun/yo*l/su.ga/o*m.ne.yo//do.wa/ju.se.yo

這個檔案打不開耶，幫幫我。

單字	
문자깨짐	**詞組**
mun.ja.ge*.jim	亂碼

例 문자깨짐 현상을 해결하는 방법은 찾아냈
습니다.

mun.ja.ge*.jim/hyo*n.sang.eul/he*.gyo*l.ha.neun/
bang.bo*.beun/cha.ja.ne*t.sseum.ni.da

我找到解決亂碼的方法了。

單字

압축을 풀다	**詞組**
ap.chu.geul/pul.da	解壓縮

例 이 자료를 다운로드 하고 압축을 풀어 주
세요.

i/ja.ryo.reul/da.ul.lo.deu/ha.go/ap.chu.geul/pu.ro*/
ju.se.yo

這個資料下載下來後，再解壓縮。

單字

메모리	**名詞**
me.mo.ri	記憶體

例 컴퓨터 메모리가 부족합니다.

ko*m.pyu.to*/me.mo.ri.ga/bu.jo.kam.ni.da

電腦記憶體不足。

單字

백업	**名詞**
be*.go*p	備份

例 백업은 바이러스 감염 등의 문제에 대비
할 수 있다.

be*.go*.beun/ba.i.ro*.seu/ga.myo*m/deung.ui/mun.
je.e/de*.bi.hal/ssu.it.da

備份可應付被病毒感染等的問題。

單字	
부팅	名詞
bu.ting	啟動

例 컴퓨터 부팅이 안 돼요.

ko*m.pyu.to*/bu.ting.i/an/dwe*.yo

電腦無法啟動。

單字	
종료	名詞
jong.nyo	結束、關閉、關機

例 컴퓨터를 종료할 경우 단축키를 사용하세
요.

ko*m.pyu.to*.reul/jjong.nyo.hal/gyo*ng.u/dan.
chuk.ki.reul/ssa.yong.ha.se.yo

要關機時請使用快捷鍵。

單字	
다운되다	動詞
da.un.dwe.da	當機

例 게임 중에 컴퓨터가 다운돼 버렸다.

ge.im/jung.e/ko*m.pyu.to*.ga/da.un.dwe*/bo*.ryo*
t.da

玩遊戲時，電腦當機了。

單字

바이러스에 걸리다	詞組
ba.i.ro*.seu.e/go*l.li.da	中毒

例 컴퓨터가 굉장히 느려지네. 바이러스에 걸린 것 같아.

ko*m.pyu.to*.ga/gweng.jang.hi/neu.ryo*.ji.ne//ba.i.ro*.seu.e/go*l.lin/go*t ga.ta

電腦變得好慢，好像中毒了。

單字

클릭하다	動詞
keul.li.ka.da	點擊

例 이 링크를 클릭해 보자.

i/ring.keu.reul/keul.li.ke*/bo.ja

點擊看看這個連結吧。

單字

더블 클릭하다	詞組
do*.beul/keul.li.ka.da	點擊兩下

例 다운로드 한 파일을 더블 클릭하면 설치가 시작됩니다.

da.ul.lo.deu/han/pa.i.reul/do*.beul/keul.li.ka.myo*n/so*l.chi.ga/si.jak.dwem.ni.da

點擊兩下下載好的檔案就會開始進行安裝。

單字

지우다	**動詞**
ji.u.da	刪除

例 지운 파일을 복구할 수 있습니까?

ji.un/pa.i.reul/bok.gu.hal/ssu/it.sseum.ni.ga

刪掉的檔案可以復原嗎？

單字

저장하다	**動詞**
jo*.jang.ha.da	儲存

例 보통 사진들을 어디에 저장하고 있나요?

bo.tong/sa.jin.deu.reul/o*.di.e/jo*.jang.ha.go/in.na.
yo

通常你照片都存在哪裡呢？

單字

CD 를 굽다	**詞組**
CD.reul/gup.da	燒CD片

例 노래들을 다 CD로 구워 드릴까요?

no.re*.deu.reul/da/CD.ro/gu.wo/deu.ril.ga.yo

把歌燒成CD給您好嗎？

主題單字

網路

인터넷은 '정보의 바다' 라고 불린
다.

網路被稱爲「資訊大海」。

延伸單字

單字

인터넷	名詞
in.to*.net	網路

例 인터넷 검색을 통해 다양한 정보를 쉽게
얻을 수 있다.

in.to*.net/go*m.se*.geul/tong.he*/da.yang.han/jo*
ng.bo.reul/sswip.ge/o*.deul/ssu/it.da

藉由網路搜尋，可以輕鬆取得各種資訊。

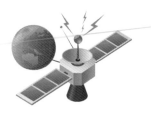

單字

웹브라우저	名詞
wep.beu.ra.u.jo*	瀏覽器

例 여러분은 어떤 웹브라우저를 이용하시나요?

yo*.ro*.bu.neun/o*.do*n/wep.beu.ra.u.jo*.reul/i.

yong.ha.si.na.yo

大家都是用什麼樣的瀏覽器呢?

單字

웹사이트	名詞
wep.ssa.i.teu	網站

例 지금 바로 나만의 웹사이트를 만들어 보
세요.

ji.geum/ba.ro/na.ma.nui/wep.ssa.i.teu.reul/man.deu.

ro*/bo.se.yo

現在就製作看看屬於自己的網站吧。

單字

홈페이지	名詞
hom.pe.i.ji	主頁、網頁

例 자세한 내용은 홈페이지를 참조하세요.

ja.se.han/ne*.yong.eun/hom.pe.i.ji.reul/cham.jo.ha.

se.yo

詳細的內容請參照網頁。

單字

홈페이지 주소	詞組
hom.pe.i.ji/ju.so	網址

例 홈페이지 주소 좀 알려 주십시오.

hom.pe.i.ji/ju.so/jom/al.lyo*/ju.sip.ssi.o

請告訴我網址。

單字

포털 사이트	詞組
po.to*l/sa.i.teu	門戶網站

例 포털 사이트의 로그인이 안 됩니다.

po.to*l/sa.i.teu.ui/ro.geu.i.ni/an/dwem.ni.da

我無法登入門戶網站。

單字

검색하다	動詞
go*m.se*.ka.da	搜索

例 인터넷에 다 나오니까 뭐 궁금하면 검색
해 봐요.

in.to*.ne.se/da/na.o.ni.ga/mwo/gung.geum.ha.myo*
n/go*m.se*.ke*/bwa.yo

網路上都找的到，有什麼想知道的就搜尋看看吧。

單字

인기검색어	詞組
in.gi.go*m.se*.go*	熱門關鍵詞

• track 049

例 구글이 올해 인기검색어 순위를 공개했다.

gu.geu.ri/ol.he*/in.gi.go*m.se*.go*/su.nwi.reul/

gong.ge*.he*t.da

google 公開了今年熱門關鍵詞的排行榜。

單字

즐겨찾기	名詞
jeul.gyo*.chat.gi	我的最愛

例 즐겨찾기를 사용하여 좋아하는 웹 사이트
저장해 봐요.

jeul.gyo*.chat.gi.reul/ssa.yong.ha.yo*/jo.a.ha.neun/

wep/sa.i.teu/jo*.jang.he*/bwa.yo

使用我的最愛儲存喜歡的網站。

單字

회원 가입하다	詞組
hwe.won/ga.i.pa.da	加入會員

例 지금 회원으로 가입하시면 10% 할인 쿠폰
을 드립니다.

ji.geum/hwe.wo.neu.ro/ga.i.pa.si.myo*n/sip.po.ro/

ha.rin/ku.po.neul/deu.rip.ni.da

現在加入會員，就贈送10%的折價券。

單字

로그인	名詞
ro.geu.in	登入

例 비밀번호는 틀리지 않았는데 로그인이 안
돼요.

bi.mil.bo*n.ho.neun/teul.li.ji/a.nan.neun.de/ro.geu.i.
ni/an/dwe*.yo

密碼無誤，卻不能登入。

單字

로그아웃	**名詞**
ro.geu.a.ut	登出、退出

例 사용한 뒤 완전히 로그아웃 하셔야 합니다.

sa.yong.han/dwi/wan.jo*n.hi/ro.geu.a.ut/ha.syo*.ya/
ham.ni.da

使用後請您務必完全登出。

單字

개인정보	**名詞**
ge*.in.jo*ng.bo	個人情報

例 개인정보 보호는 매우 중요합니다.

ge*.in.jo*ng.bo/bo.ho.neun/me*.u/jung.yo.ham.ni.
da

個人情報的保護相當重要。

單字

인터넷 뱅킹	**詞組**
in.to*.net/be*ng.king	網路銀行

 韓語單字真有趣

• track 051

例 인터넷 뱅킹으로도 해외 송금이 가능합니다.

in.to*.net/be*ng.king.eu.ro.do/he*.we/song.geu.mi/ga.neung.ham.ni.da

使用網路銀行也能進行海外匯款。

單字

온라인 쇼핑	詞組
ol.la.in/syo.ping	網路購物

例 젊은이들이 온라인 쇼핑을 즐깁니다.

jo*l.meu.ni.deu.ri/ol.la.in/syo.ping.eul/jjeul.gim.ni.da

年輕族群喜歡網路購物。

單字

PC 방	名詞
PC.bang	網咖

例 PC방에서 하루종일 게임 하지 마라.

PC.bang.e.so*/ha.ru.jong.il/ge.im/ha.ji/ma.ra

不要在網咖玩遊戲一整天。

單字

채팅하다	動詞
che*.ting.ha.da	聊天

例 친구끼리 채팅하는 거 너무 재미있어요.

chin.gu.gi.ri/che*.ting.ha.neun/go*/no*.mu/je*.mi.i.sso*.yo

跟朋友網上聊天很有趣。

060 ▶

單字

화상채팅	名詞
hwa.sang.che*.ting	視訊聊天

例 맨날 여자 친구랑 화상채팅을 하고 싶은 데요.

me*n.nal/yo*.ja/chin.gu.rang/hwa.sang.che*.ting.eul/ha.go/si.peun.de.yo

我想每天跟女朋友視訊聊天。

單字

음성채팅	名詞
eum.so*ng.che*.ting	語音聊天

例 이 앱을 사용하면 무료 음성채팅이 가능합니다.

i/e*.beul/ssa.yong.ha.myo*n/mu.ryo/eum.so*ng.che*.ting.i/ga.neung.ham.ni.da

使用這個App可以進行免費的語音聊天。

單字

다운로드	名詞
da.ul.lo.deu	下載

例 이 사이트에서 무료 음악을 다운로드 할 수 있습니다.

i/sa.i.teu.e.so*/mu.ryo/eu.ma.geul/da.ul.lo.deu/hal/ssu/it.sseum.ni.da

這個網站可以下載免費的音樂。

單字

업로드	名詞
o*m.no.deu	上傳

例 업로드 속도가 너무 느려요.

o*m.no.deu/sok.do.ga/no*.mu/neu.ryo*.yo

上傳速度很慢。

單字

블로그	名詞
beul.lo.geu	部落格

例 저희 블로그에 오신 걸 환영합니다.

jo*.hi/beul.lo.geu.e/o.sin/go*l/hwa.nyo*ng.ham.ni.
da

歡迎來到我們的部落格。

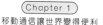
主題單字

E-mail

이메일은 오늘날 편지를 대신하게
됐다

如今 E-mail 取代了書信

延伸單字

單字

이메일	名詞
i.me.il	電子郵件

例 제가 보낸 이메일을 받았어요?
je.ga/bo.ne*n/i.me.i.reul/ba.da.sso*.yo
我寄的電子郵件收到了嗎？

例 이메일 주소를 입력해 주세요.
i.me.il/ju.so.reul/im.nyo*.ke*/ju.se.yo
請輸入您的郵件地址。

單字

이메일 주소	**詞組**
i.me.il/ju.so	郵件地址

例 사진을 보내 드릴 테니까 이메일 주소를 알려 주세요.

sa.ji.neul/bo.ne*/deu.ril/te.ni.ga/i.me.il/ju.so.reul/al. lyo*/ju.se.yo

我會寄照片給你，請給我你的郵件地址。

單字

골뱅이	**名詞**
gol.be*ng.i	小老鼠（@）

例 한국에서 이런 기호'@'를 골뱅이로 부르고 있다.

han.gu.ge.so*/i.ro*n/gi.ho.reul/gol.be*ng.i.ro/bu. reu.go/it.da

韓國將這種符號（@）稱為「螺」。

單字

첨부 파일	**詞組**
cho*m.bu/pa.il	附件

例 메일은 받았는데 첨부파일을 열 수가 없었다.

me.i.reun/ba.dan.neun.de/cho*m.bu.pa.i.reul/yo*l/ su.ga/o*p.sso*t.da

郵件我收到了，但是附件打不開。

單字

받은 편지함	詞組
ba.deun/pyo*n.ji.ham	收件匣

例 받은 편지함에 있던 모든 이메일이 사라
졌다.

ba.deun/pyo*n.ji.ha.me/it.do*n/mo.deun/i.me.i.ri/
sa.ra.jo*t.da

收件匣裡的所有郵件都不見了。

單字

보낸편지함	詞組
bo.ne*n/pyo*n.ji.ham	寄件備份匣

例 내가 보낸 각 메일의 복사본은 보낸 편지
함에 저장된다.

ne*.ga/bo.ne*n/gak/me.i.rui/bok.ssa.bo.neun/bo.ne*
n/pyo*n.ji.ha.me/jo*.jang.dwen.da

我寄的每一封郵件副本都會儲存在寄件備份匣內。

單字

메일을 지우다	詞組
me.i.reul/jji.u.da	刪除郵件

例 광고 메일들을 하나하나 지우는 게 번거
로워요.

gwang.go/me.il.deu.reul/ha.na.ha.na/ji.u.neun/ge/
bo*n.go*.ro.wo.yo

一封封地刪除廣告郵件太麻煩了。

單字

스팸메일	名詞
seu.pe*m.me.il	垃圾郵件

例 스팸메일을 차단하려면 어떻게 해요?

seu.pe*m.me.i.reul/cha.dan.ha.ryo*.myo*n/o*.do*.
ke/he*.yo

如果想阻擋垃圾郵件該怎麼做？

單字

답메일	名詞
dam.me.il	回覆信件

例 그녀에게 메일 보냈는데 답메일이 오지 않
았다.

geu.nyo*.e.ge/me.il/bo.ne*n.neun.de/dam.me.i.ri/o.
ji/a.nat.da

寄了郵件給她，卻一直沒收到回信。

單字

이메일 한 통	詞組
i.me.il/han/tong	一封電子郵件

例 우리는 하루에도 수십여통의 이메일을 받
습니다.

u.ri.neun/ha.ru.e.do/su.si.byo*.tong.ui/i.me.i.reul/
bat.sseum.ni.da

我們一天會收到數十餘封的電子郵件。

Chapter 2

패션은 사라져도 스타일은 영원하다.

時尚變遷，風格依舊。

主題單字

精品時尚

패션은 스스로에 대한 자신감이다.

時尚是對自己的自信。

延伸單字

單字

패션	名詞
pe*.syo*n	流行時尚

例 그것은 유행이고 패션이지.

geu.go*.seun/yu.he*ng.i.go/pe*.syo*.ni.ji

那就是流行,就是時尚。

例 패션모델이 되고 싶습니다.

pe*.syo*n.mo.de.ri/dwe.go/sip.sseum.ni.da

我想當時裝模特兒。

時尚變遷，風格依舊

單字

패션쇼	名詞
pe*.syo*n.syo	時裝秀

例 시선을 뗄 수 없는 패션쇼.
si.so*.neul/del/su/o*m.neun/pe*.syo*n.syo
讓人無法移開目光的時裝秀。

單字

패션 디자이너	詞組
pe*.syo*n/di.ja.i.no*	時尚設計師

例 멋진 패션 디자이너가 되는 게 꿈이였다.
mo*t.jjin/pe*.syo*n/di.ja.i.no*.ga/dwe.neun/ge/gu.
mi.yo*t.da
成為了不起的時尚設計師是我的夢想。

單字

패션 모델	詞組
pe*.syo*n.mo.del	時裝模特兒

例 패션 모델들은 참 날씬하고 아름답다.
pe*.syo*n/mo.del.deu.reun/cham/nal.ssin.ha.go/a.
reum.dap.da
時裝模特兒們真是苗條又美麗。

單字

향수	名詞
hyang.su	香水

例 향수를 사용하지 않는 여자는 미래가 없다.

hyang.su.reul/ssa.yong.ha.ji/an.neun/yo*.ja.neun/

mi.re*.ga/o*p.da

不噴香水的女人沒有未來。

單字

명품	名詞
myo*ng.pum	名牌貨、名品

例 면세점에 가서 명품 가방을 사고 싶어요.

myo*n.se.jo*.me/ga.so*/myo*ng.pum/ga.bang.eul/

ssa.go/si.po*.yo

我想去免稅店買名牌包。

單字

명품백	名詞
myo*ng.pum.be*k	名牌包

例 어머님께 명품백을 선물해 드렸다.

o*.mo*.nim.ge/myo*ng.pum.be*.geul/sso*n.mul.

he*/deu.ryo*t.da

送媽媽名牌包了。

單字

지갑	名詞
ji.gap	皮夾

例 지갑을 조심해. 여기서는 소매치기 당하기 쉽거든.

ji.ga.beul/jjo.sim.he*//yo*.gi.so*.neun/so.me*.chi.gi/dang.ha.gi/swip.go*.deun

小心皮夾，這裡很容易遭扒手。

單字

화장품	名詞
hwa.jang.pum	化妝品

例 면세점에서 화장품을 많이 샀어요.

myo*n.se.jo*.me.so*/hwa.jang.pu.meul/ma.ni/sa.sso*.yo

我在免稅商店買了很多化妝品。

單字

액세서리	名詞
e*k.sse.so*.ri	飾品

例 여자들은 반지나 목걸이 등 액세서리를 좋아한다.

yo*.ja.deu.reun/ban.ji.na/mok.go*.ri/deung/e*k.sse.so*.ri.reul/jjo.a.han.da

女生們喜歡戒指項鍊等的飾品。

單字

다이아몬드	名詞
da.i.a.mon.deu	鑽石

例 다이아몬드 반지를 받았어요.

da.i.a.mon.deu/ban.ji.reul/ba.da.sso*.yo

我收到鑽石戒指了。

單字

보석	名詞
bo.so*k	寶石

例 저는 보석을 좋아해요.

jo*.neun/bo.so*.geul/jjo.a.he*.yo

我喜歡寶石。

單字

진주	名詞
jin.ju	珍珠

例 이제 천연진주를 찾기 힘들어요.

i.je/cho*.nyo*n.jin.ju.reul/chat.gi/him.deu.ro*.yo

現在很難找到天然的珍珠。

單字

반지	名詞
ban.ji	戒指

例 이것은 금반지입니까?

i.go*.seun/geum.ban.ji.im.ni.ga

這是金戒指嗎？

單字

귀걸이	名詞
gwi.go*.ri	耳環

例 이 귀걸이가 얼마예요?

i/gwi.go*.ri.ga/o*l.ma.ye.yo

這副耳環多少錢？

單字

목걸이	名詞
mok.go*.ri	項鍊

例 이 목걸이는 정말 싸게 샀어요.

i/mok.go*.ri.neun/jo*ng.mal/ssa.ge/sa.sso*.yo

這條項鍊真的買得很便宜。

單字

넥타이핀	名詞
nek.ta.i.pin	領帶夾

例 넥타이핀을 꽂아요.

nek.ta.i.pi.neul/go.ja.yo

戴領帶夾。

單字

만년필	名詞
man.nyo*n.pil	鋼筆

例 아버지가 주신 만년필을 잃어버렸다.

a.bo*.ji.ga/ju.sin/man.nyo*n.pi.reul/i.ro*.bo*.ryo*t.da

我把爸爸給我的鋼筆弄丟了。

• track 064

單字

시계	名詞
si.gye	錶

例 이 손목시계도 비싸 보이네요.

i/son.mok.ssi.gye.do/bi.ssa/bo.i.ne.yo

這支手錶也看起來很貴呢！

單字

가발을 쓰다	詞組
ga.ba.reul/sseu.da	戴假髮

例 요즘 멋을 내기 위해 가발을 쓰는 사람들
이 많아요.

yo.jeum/mo*.seul/ne*.gi/wi.he*/ga.ba.reul/sseu.
neun/sa.ram.deu.ri/ma.na.yo

最近為了好看而戴假髮的人很多。

單字

머리핀을 꽂다	詞組
mo*.ri.pi.neul/got.da	夾髮夾

例 예쁜 머리핀을 꽂았어요.

ye.beun/mo*.ri.pi.neul/go.ja.sso*.yo

夾了漂亮的髮夾。

主題單字

服飾

오래된 옷은 오래된 친구와도 같다.

舊衣服就像是我的老朋友

延伸單字

單字

옷가게	名詞
ot.ga.ge	服飾店

例 집 근처에 옷가게 하나 있습니다.

jip/geun.cho*.e/ot.ga.ge/ha.na/it.sseum.ni.da

家裡附近有一間服飾店。

單字

옷	名詞
ot	衣服

例 이 옷은 너무 커요.

i/o.seun/no*.mu/ko*.yo

這件衣服太大件。

單字

새옷	名詞
se*.ot	新衣服

例 새옷을 입어요.

se*.o.seul/i.bo*.yo

穿新衣服。

單字

셔츠	名詞
syo*.cheu	襯衫

例 이 셔츠는 바지하고 잘 어울려요.

i/syo*.cheu.neun/ba.ji.ha.go/jal/o*.ul.lyo*.yo

這件襯衫和褲子很搭。

單字

스웨터	名詞
seu.we.to*	毛衣

例 언니가 스웨터를 뜨고 있다.

o*n.ni.ga/seu.we.to*.reul/deu.go/it.da

姊姊在織毛衣。

單字

커플티	名詞
ko*.peul.ti	情侶 T 恤

例 나도 이런 커플티 입을 용기가 없어요.

na.do/i.ro*n/ko*.peul.ti/i.beul/yong.gi.ga/o*p.sso*.
yo

我也沒有勇氣穿這種情侶 T 恤。

單字

팬티	名詞
pe*n.ti	內褲

例 예쁜 속옷과 팬티를 사고 싶어요.

ye.beun/so.got.gwa/pe*n.ti.reul/ssa.go/si.po*.yo

我想買漂亮的內衣和內褲。

單字

외투	名詞
we.tu	外套

例 추우면 내 외투를 입어요.

chu.u.myo*n/ne*/we.tu.reul/i.bo*.yo

冷的話就穿我的外套吧。

單字

코트	名詞
ko.teu	大衣、外套

例 이 양털 코트는 너한테 잘 어울리네.

i/yang.to*l/ko.teu.neun/no*.han.te/jal/o*.ul.li.ne

這件羊毛大衣很適合你呢！

單字

바지	名詞
ba.ji	褲子

例 이 바지가 너무 짧아요.

i/ba.ji.ga/no*.mu/jjal.ba.yo

這件褲子太短了。

單字

청바지	名詞
cho*ng.ba.ji	牛仔褲

例 오늘은 더워서 청바지를 안 입어요.

o.neu.reun/do*.wo.so*/cho*ng.ba.ji.reul/an/i.bo*.yo

今天很熱我不穿牛仔褲。

單字

치마	名詞
chi.ma	裙子

例 긴 치마를 사고 싶어요.

gin.chi.ma.reul/ssa.go/si.po*.yo

我想買長裙。

單字

원피스	名詞
won.pi.seu	連身洋裝

例 원피스를 입은 여자가 좋아요.

won.pi.seu.reul/i.beun/yo*.ja.ga/jo.a.yo

我喜歡穿連身洋裝的女生。

單字

땡땡이무늬	名詞
de*ng.de*ng.i.mu.ni	圓點花紋

例 땡땡이무늬 치마.

de*ng.de*ng.i.mu.ni/chi.ma

圓點花紋裙子。

單字

호피무늬	名詞
ho.pi.mu.ni	豹紋

例 호피무늬 수영복.

ho.pi.mu.ni/su.yo*ng.bok

豹紋泳裝。

單字

체크무늬	名詞
che.keu.mu.ni	格子紋

例 체크무늬 바지.

che.keu.mu.ni/ba.ji

格子紋褲子。

單字

브래지어	名詞
beu.re*.ji.o*	胸罩

例 잘 때는 브래지어 안 하는 게 좋아요.

jal/de*.neun/beu.re*.ji.o*/an/ha.neun/ge/jo.a.yo

睡覺的時候最好不要穿胸罩。

單字

잠옷	名詞
ja.mot	睡衣

例 인터넷 쇼핑몰에서 잠옷 한 벌을 주문했다.

in.to*.net/syo.ping.mo.re.so*/ja.mot/han/bo*.reul/
jju.mun.he*t.da

我網路購物中心訂購了一件睡衣。

單字

파자마	名詞
pa.ja.ma	兩件式睡衣

例 파자마를 입은 동생이 방에서 나왔다.

pa.ja.ma.reul/i.beun/dong.se*ng.i/bang.e.so*/na.
wat.da

穿著睡衣的弟弟從房間出來了。

單字

유행하다	動詞
yu.he*ng.ha.da	流行

例 올해는 치마바지가 유행해요.

ol.he*.neun/chi.ma.ba.ji.ga/yu.he*ng.he*.yo

今年褲裙很流行。

單字

찾다	動詞
chat.da	找尋

例 뭘 찾으세요?

mwol/cha.jeu.se.yo

您要找什麼？

單字

입어보다	動詞
i.bo*.bo.da	試穿

例 입어봐도 될까요?

i.bo*.bwa.do/dwel.ga.yo

我可以試穿嗎？

主題單字

顏色

최고의 색깔은 당신에게 잘 어울리는 색깔이다.

最美的顏色就是最適合你的顏色。

延伸單字

單字

색깔	**名詞**
se*k.gal	顏色

例 색깔이 예쁩니다.

se*k.ga.ri/ye.beum.ni.da

顏色很漂亮。

單字

빨간색	名詞
bal.gan.se*k	紅色

例 빨간색으로 주세요.
bal.gan.se*.geu.ro/ju.se.yo
請給我紅色。

單字

흰색	名詞
hin.se*k	白色

例 신부가 흰색 웨딩드레스를 입고 있다.
sin.bu.ga/hin.se*k/we.ding.deu.re.seu.reul/ip.go/it.da
新娘穿著白色的婚紗。

單字

검은색	名詞
go*.meun.se*k	黑色

例 이것으로 검은색이 있습니까?
i.go*.seu.ro/go*.meun.se*.gi/it.sseum.ni.ga
這個有黑色嗎？

單字

노란색	名詞
no.ran.se*k	黃色

例 노란색 옷이 싫어요.
no.ran.se*k/o.si/si.ro*.yo
我討厭黃色的衣服。

單字

녹색	**名詞**
nok.sse*k	綠色

例 저기 녹색 쓰레기통이 있습니다.
jo*.gi/nok.sse*k/sseu.re.gi.tong.i/it.sseum.ni.da
那裡有綠色的垃圾桶。

單字

파란색	**名詞**
pa.ran.se*k	藍色

例 파란색 하늘을 보면 기분이 좋아져요.
pa.ran.se*k/ha.neu.reul/bo.myo*n/gi.bu.ni/jo.a.jo*.
yo
看藍色的天空心情會變好。

單字

분홍색	**名詞**
bun.hong.se*k	粉紅色

例 분홍색 장미의 꽃말은 뭡니까?
bun.hong.se*k/jang.mi.ui/gon.ma.reun/mwom.ni.ga
粉紅色玫瑰的花語是什麼？

單字

갈색	**名詞**
gal.sse*k	褐色

例 머리를 갈색으로 염색해 주세요.

mo*.ri.reul/gal.sse*.geu.ro/yo*m.se*.ke*/ju.se.yo

請幫我把頭髮染成褐色。

單字

자주색	名詞
ja.ju.se*k	紫色

例 자주색 고구마를 먹어본 적 있나요?

ja.ju.se*k/go.gu.ma.reul/mo*.go*.bon/jo*k/in.na.yo

你有吃過紫色的地瓜嗎？

單字

주황색	名詞
ju.hwang.se*k	橘色

例 초록색보다 주황색을 더 좋아해요.

cho.rok.sse*k.bo.da/ju.hwang.se*.geul/do*/jo.a.he*.
yo

比起青綠色，我更喜歡橘色。

主題單字

鞋類

좋은 구두는 좋은 곳으로 데려다 준다

好鞋會帶領你到美好的地方

延伸單字

單字

신발	名詞
sin.bal	鞋子

例 신발 사이즈가 어떻게 되세요?

sin.bal/ssa.i.jeu.ga/o*.do*.ke/dwe.se.yo

您鞋子穿幾號呢？

單字

구두	名詞
gu.du	皮鞋、高跟鞋

例 구두를 벗고 들어오세요.

gu.du.reul/bo*t.go/deu.ro*.o.se.yo

脫掉鞋子後，請進。

單字

운동화	名詞
un.dong.hwa	運動鞋

例 운동화 한 켤레를 사려고 해요.

un.dong.hwa/han/kyo*l.le.reul/ssa.ryo*.go/he*.yo

打算買一雙運動鞋。

單字

슬리퍼	名詞
seul.li.po*	拖鞋

例 슬리퍼로 갈아신으세요.

seul.li.po*.ro/ga.ra.si.neu.se.yo

請您換穿拖鞋。

單字

샌들	名詞
se*n.deul	涼鞋

例 여기에 싸고 예쁜 샌들이 많습니다.

yo*.gi.e/ssa.go/ye.beun/se*n.deu.ri/man.sseum.ni.da

這裡有很多便宜又好看的涼鞋。

單字

부츠	名詞
bu.cheu	靴子

例 비가 오는 날에 부츠를 신자.

bi.ga/o.neun/na.re/bu.cheu.reul/ssin.ja

下雨天時我們穿靴子吧。

單字

하이힐	名詞
ha.i.hil	高跟鞋

例 하이힐을 신고 달리기는 쉽지 않다.

ha.i.hi.reul/ssin.go/dal.li.gi.neun/swip.jji/an.ta

穿高跟鞋跑步很不容易。

單字

신다	動詞
sin.da	穿（鞋）

例 신발 좀 신어 봐도 돼요?

sin.bal/jjom/si.no*/bwa.do/dwe*.yo

我可以試穿鞋子嗎？

單字

발 사이즈	詞組
bal/ssa.i.jeu	鞋子尺寸

例 제 발 사이즈는 37입니다.

je/bal/ssa.i.jeu.neun/sam.sip.chi.rim.ni.da

我鞋子的尺寸是37。

單字

켤레	**量詞**
kyo*l.le	（一）雙

例 운동화 한 켤레, 스타킹 네 켤레 주세요.
un.dong.hwa/han/kyo*l.le//seu.ta.king/ne/kyo*l.le/
ju.se.yo
請給我一雙運動鞋四雙絲襪。

單字

양말	**名詞**
yang.mal	襪子

例 양말은 한 켤레에 얼마예요?
yang.ma.reun/han/kyo*l.le.e/o*l.ma.ye.yo
襪子一雙多少錢？

主題單字

飾品配件

패션에 빠질 수 없는 필수품 '선 글라스'!

不可缺少的時尚必需品「太陽眼鏡」!

延伸單字

單字

모자	名詞
mo.ja	帽子

例 모자를 벗으세요.

mo.ja.reul/bo*.seu.se.yo

請把帽子拿下來。

例 모자를 씁니다.

mo.ja.reul/sseum.ni.da

戴帽子。

單字

머리띠	名詞
mo*.ri.di	髮圈

例 머리띠가 귀여워요.
mo*.ri.di.ga/gwi.yo*.wo.yo
髮圈很可愛。

單字

허리띠	名詞
ho*.ri.di	皮帶、腰帶

例 검은색 허리띠가 있습니까?
go*.meun.se*k/ho*.ri.di.ga/it.sseum.ni.ga
有黑色的皮帶嗎？

單字

양말	名詞
yang.mal	襪子

例 양말 한 켤레 주세요.
yang.mal/han/kyo*l.le/ju.se.yo
請給我一雙襪子。

單字

선글라스	名詞
so*n.geul.la.seu	太陽眼鏡、墨鏡

例 이 선글라스를 착용해 봐도 돼요?
i/so*n.geul.la.seu.reul/cha.gyong.he*/bwa.do/dwe*.yo
我可以試戴這副太陽眼鏡嗎？

單字

배낭	名詞
be*.nang	後背包

例 배낭을 메고 등산 갑시다.
be*.nang.eul/me.go/deung.san/gap.ssi.da
我們背上背包去爬山吧。

單字

넥타이	名詞
nek.ta.i	領帶

例 면접을 볼 때 넥타이를 꼭 매요.
myo*n.jo*.beul/bol/de*/nek.ta.i.reul/gok/me*.yo
面試的時候,一定要打領帶。

單字

목도리	名詞
mok.do.ri	圍巾

例 목도리를 예쁘게 맸네요.
mok.do.ri.reul/ye.beu.ge/me*n.ne.yo
圍巾圍得很漂亮呢!

單字

장갑	名詞
jang.gap	手套

例 올해는 안 추워서 장갑 낀 사람이 많지 않
네요.

ol.he*.neun/an/chu.wo.so*/jang.gap/gin/sa.ra.mi/
man.chi/an.ne.yo

今年不冷戴手套的人不多。

單字

스카프	名詞
seu.ka.peu	絲巾

例 이런 스카프는 어떻게 매요?

i.ro*n/seu.ka.peu.neun/o*.do*.ke/me*.yo

這種絲巾要怎麼圍？

主題單字

購物

쇼핑을 통해 행복을 느낀다.

透過購物來感受幸福。

延伸單字

單字	名詞
쇼핑	
syo.ping	逛街、購物

例 어디로 쇼핑 갈까요?

o*.di.ro/syo.ping/gal.ga.yo

我們去哪邊逛街？

單字

아이쇼핑	名詞
a.i.syo.ping	只看不買

例 돈이 없어서 매일 아이쇼핑만 해요.
do.ni/o*p.sso*.so*/me*.il/a.i.syo.ping.man/he*.yo
因為沒錢，每天逛街都只看不買。

單字

세일 기간	詞組
se.il/gi.gan	特價期間

例 소파는 세일 기간 중에 샀어요.
so.pa.neun/se.il/gi.gan/jung.e/sa.sso*.yo
沙發是特價期間買的。

單字

특가품	名詞
teuk.ga.pum	特價品

例 특가품이라서 교환 및 환불이 안 돼요.
teuk.ga.pu.mi.ra.so*/gyo.hwan/mit/hwan.bu.ri/an/dwe*.yo
因為是特價品不能換貨及退貨。

單字

할인 쿠폰	詞組
ha.rin.ku.pon	折價券

例 이 할인 쿠폰을 사용할 수 있나요?
i/ha.rin.ku.po.neul/ssa.yong.hal/ssu/in.na.yo
我可以用這張折價券嗎？

單字

할부	名詞
hal.bu	分期付款

例 할부로 살 수 있어요?

hal.bu.ro/sal/ssu/i.sso*.yo

可以分期付款嗎?

單字

일시불	名詞
il.si.bul	一次付清

例 할부입니까, 일시불입니까?

hal.bu.im.ni.ga//il.si.bu.rim.ni.ga

您要分期還是付清?

單字

포인트	名詞
po.in.teu	點數、紅利點數

例 이것은 포인트 적립 많은 신용카드입니다.

i.go*.seun/po.in.teu/jo*ng.nip/ma.neun/si.nyong.ka.

deu.im.ni.da

這是可以累積很多紅利點數的信用卡。

單字

샘플	名詞
se*m.peul	樣品、試用包

例 무료 샘플을 보내 드리겠습니다.

mu.ryo/se*m.peu.reul/bo.ne*/deu.ri.get.sseum.ni.da

我會寄免費的樣品給您。

單字

증정품	名詞
jeung.jo*ng.pum	贈品

例 증정품 한 개를 드립니다.

jeung.jo*ng.pum/han/ge*.reul/deu.rim.ni.da

送您一個贈品。

單字

가격	名詞
ga.gyo*k	價格

例 이거 얼마예요? 가격표가 안 보이네요.

i.go*/o*l.ma.ye.yo//ga.gyo*k.pyo.ga/an/bo.i.ne.yo

這個多少錢？我沒看到價格標籤。

單字

깎다	動詞
gak.da	削、殺價

例 조금만 깎아 주시면 안 돼요?

jo.geum.man/ga.ga/ju.si.myo*n/an/dwe*.yo

可以算便宜一點嗎？

單字

할인하다	動詞
ha.rin.ha.da	折扣

例 30% 할인하면 얼마예요?

sam.sip.peu.ro/ha.rin.ha.myo*n/o*l.ma.ye.yo

打七折後是多少錢？

單字

계산대	名詞
gye.san.de*	結帳台

例 계산대는 아래층에 있습니다.

gye.san.de*.neun/a.re*.cheung.e/it.sseum.ni.da

結帳台在樓下。

單字

현금	名詞
hyo*n.geum	現金

例 현금으로 계산할게요.

hyo*n.geu.meu.ro/gye.san.hal.ge.yo

我用現金付款。

單字

신용카드	名詞
si.nyong.ka.deu	信用卡

例 현금으로 지불하시겠습니까, 아니면 신용 카드로 하시겠습니까?

hyo*n.geu.meu.ro/ji.bul.ha.si.get.sseum.ni.ga//a.ni.
myo*n/si.nyong.ka.deu.ro/ha.si.get.sseum.ni.ga

您要付現，還是刷卡？

單字

포장하다	動詞
po.jang.ha.da	包裝

例 예쁘게 포장해 주세요.

ye.beu.ge/po.jang.he*/ju.se.yo

請幫我包裝得漂亮一點。

單字

교환하다	動詞
gyo.hwan.ha.da	換貨、交換

例 다른 걸로 교환할 수 있어요?

da.reun/go*l.lo/gyo.hwan.hal/ssu/i.sso*.yo

可以換成別的嗎？

單字

환불	名詞
hwan.bul	退費

例 죄송합니다. 환불이 불가능합니다.

jwe.song.ham.ni.da//hwan.bu.ri/bul.ga.neung.ham.
ni.da

對不起，不可以退費。

單字

영수증	名詞
yo*ng.su.jeung	收據

例 영수증을 보여 주세요.

yo*ng.su.jeung.eul/bo.yo*/ju.se.yo

請出示收據。

單字

백화점	名詞
be*.kwa.jo*m	百貨公司

例 백화점 영업시간은 어떻게 돼요?

be*.kwa.jo*m/yo*ng.o*p.ssi.ga.neun/o*.do*.ke/
dwe*.yo

百貨公司的營業時間是幾點到幾點？

單字

면세점	名詞
myo*n.se.jo*m	免稅店

例 면세점에서 술하고 담배를 샀어요.

myo*n.se.jo*.me.so*/sul.ha.go/dam.be*.reul/ssa.
sso*.yo

在免稅店買了酒和香菸。

單字

비싸다	形容詞
bi.ssa.da	貴

例 가격이 너무 비쌉니다.

ga.gyo*.gi/no*.mu/bi.ssam.ni.da

價格太貴了。

• track 091

單字

싸다	形容詞
ssa.da	便宜

例 콘서트 티켓이 너무 싸다.
kon.so*.teu/ti.ke.si/no*.mu/ssa.da
演唱會門票很便宜。

單字

고르다	動詞
go.reu.da	挑選

例 천천히 골라 보세요.
cho*n.cho*n.hi/gol.la/bo.se.yo
請慢慢挑選。

單字

사다	動詞
sa.da	買

例 많이 사시면 싸게 드릴게요.
ma.ni/sa.si.myo*n/ssa.ge/deu.ril.ge.yo
您多買一點的話，會算您便宜一點。

單字

팔다	動詞
pal.da	賣

例 만화책을 친구에게 팔았어요.
man.hwa.che*.geul/chin.gu.e.ge/pa.ra.sso*.yo
把漫畫書賣給朋友了。

單字

구경하다	動詞
gu.gyo*ng.ha.da	參觀

例 들어와서 구경하세요.

deu.ro*.wa.so*/gu.gyo*ng.ha.se.yo

請進來參觀。

單字

포장하다	動詞
po.jang.ha.da	包裝

例 예쁘게 포장해 주세요.

ye.beu.ge/po.jang.he*/ju.se.yo

請幫我包漂亮一點。

單字

마음에 들다	詞組
ma.eu.me/deul.da	中意、喜歡

例 그게 마음에 안 들어요.

geu.ge/ma.eu.me/an.deu.ro*.yo

那個我不喜歡。

Chapter 3

백성은 먹을 것을 하늘로 생각한다.

民以食為天。

主題單字

廚房

부엌은 신성스러운 곳이다.

廚房是神聖的地方。

延伸單字

單字

음식을 만들다	**詞組**
eum.si.geul/man.deul.da	做飯、煮飯

例 집에서 누가 음식을 만들어요?

ji.be.so*/nu.ga/eum.si.geul/man.deu.ro*.yo

家裡是誰在做飯呢？

單字

삶다	**動詞**
sam.da	煮

例 국수를 쫄깃하게 삶아요.

guk.ssu.reul/jjol.gi.ta.ge/sal.ma.yo

把麵煮得有嚼勁。

單字

볶다	**動詞**
bok.da	炒

例 야채를 먼저 볶아 주세요.

ya.che*.reul/mo*n.jo*/bo.ga/ju.se.yo

請先炒青菜。

單字

튀기다	**動詞**
twi.gi.da	炸

例 빵가루를 입힌 새우를 튀기세요.

bang.ga.ru.reul/i.pin/se*.u.reul/twi.gi.se.yo

把裹好麵粉的蝦拿去炸。

單字

지지다	**動詞**
ji.ji.da	煎

例 프라이팬에 기름을 두르고 두부를 지집니다.

peu.ra.i.pe*.ne/gi.reu.meul/du.reu.go/du.bu.reul/jji.jim.ni.da

先在平底鍋內倒入油,再開始煎豆腐。

單字

굽다	動詞
gup.da	烤

例 빵은 구워 먹으면 더 맛있습니다.

bang.eun/gu.wo/mo*.geu.myo*n/do*/ma.sit.sseum.ni.da

麵包烤過更好吃。

單字

찌다	動詞
jji.da	蒸

例 군 만두보다는 찐 만두가 더 좋다.

gun/man.du.bo.da.neun/jjin/man.du.ga/do*/jo.ta

比起煎餃,我更喜歡蒸餃。

單字

비비다	動詞
bi.bi.da	攪拌

例 밥에 고추장 한 스푼 넣고 비비세요.

ba.be/go.chu.jang/han/seu.pun/no*.ko/bi.bi.se.yo

在飯裡加一匙辣椒醬後拌一拌。

單字

씻다	動詞
ssit.da	清洗

例 자주 비누로 손을 씻어야 합니다.

ja.ju/bi.nu.ro/so.neul/ssi.so*.ya/ham.ni.da

要常用肥皂洗手。

單字

썰다	動詞
sso*l.da	切

例 돼지고기를 얇게 썰어 주세요.

dwe*.ji.go.gi.reul/yap.ge/sso*.ro*/ju.se.yo

請將豬肉切成薄片。

單字

싱크대	名詞
sing.keu.de*	水槽

例 싱크대를 깨끗이 닦았니?

sing.keu.de*.reul/ge*.geu.si/da.gan.ni

你把水槽擦乾淨了嗎？

單字

냉장고	名詞
ne*ng.jang.go	電冰箱

例 냉장고 안에는 아무것도 없었다.

ne*ng.jang.go/a.ne.neun/a.mu.go*t.do/o*p.sso*t.da

冰箱裡什麼都沒有。

單字	
가스레인지	**名詞**
ga.seu.re.in.ji	瓦斯爐

例 가스레인지를 새로 바꾸고 싶어요.

ga.seu.re.in.ji.reul/sse*.ro/ba.gu.go/si.po*.yo

我想換新的瓦斯爐。

單字	
앞치마	**名詞**
ap.chi.ma	圍裙

例 누나는 요리할 때 앞치마 안 입어요.

nu.na.neun/yo.ri.hal/de*/ap.chi.ma/an/i.bo*.yo

姊姊煮飯的時候都不穿圍裙。

單字	
랩	**名詞**
re*p	保鮮膜

例 남은 음식들은 랩으로 싸서 냉장고에 넣 어 줘요.

na.meun/eum.sik.deu.reun/re*.beu.ro/ssa.so*/ne*ng.
jang.go.e/no*.o*/jwo.yo

剩下的食物用保鮮膜包好之後放在冰箱裡。

單字

주방세제	名詞
ju.bang.se.je	洗碗精

例 주방세제를 이용해서 설거지를 해요.
ju.bang.se.je.reul/i.yong.he*.so*/so*l.go*.ji.reul/
he*.yo
用洗碗精洗碗。

單字

요리 솜씨	詞組
yo.ri/som.ssi	料理手藝

例 우리 엄마는 요리 솜씨가 매우 좋아요.
u.ri/o*m.ma.neun/yo.ri/som.ssi.ga/me*.u/jo.a.yo
我媽媽的料理手藝很棒。

主題單字

調理器具

밥솥은 만능의 조리도구다.

飯鍋是萬能的調理器具。

延伸單字

單字

식칼	名詞
sik.kal	菜刀

例 식칼로 생선을 자르다.
sik.kal.lo/se*ng.so*.neul/jja.reu.da
用菜刀切魚。

例 식칼을 사용할 때는 정말 조심해야 합니다.
sik.ka.reul/ssa.yong.hal/de*.neun/jo*ng.mal/jjo.sim.
he*.ya/ham.ni.da
使用菜刀時，真的要特別小心。

●track 100

民以食為天

單字

도마	名詞
do.ma	砧板

例 무를 도마 위에 놓고 칼로 썰어요.
mu.reul/do.ma/wi.e/no.ko/kal.lo/sso*.ro*.yo
把白蘿蔔放在砧板上切。

單字

냄비	名詞
ne*m.bi	鍋子

例 냄비로 라면을 끓여요.
ne*m.bi.ro/ra.myo*.neul/geu.ryo*.yo
用鍋子煮泡麵。

單字

프라이팬	名詞
peu.ra.i.pe*n	平底鍋

例 프라이팬으로 계란말이를 만들 수 있다.
peu.ra.i.pe*.neu.ro/gye.ran.ma.ri.reul/man.deul/ss
it.da
用平底鍋可以製作雞蛋捲。

單字

밥솥	名詞
bap.ssot	飯鍋、電飯鍋

◀ 11

例 밥솥 하나로 많은 요리를 손쉽게 할 수 있다.

bap.ssot/ha.na.ro/ma.neun/yo.ri.reul/sson.swip.ge/hal/ssu.it.da

一個電飯鍋可以做很多料理。

單字

전자레인지	名詞
jo*n.ja.re.in.ji	微波爐

例 전자레인지는 고주파로 가열하는 조리기구입니다.

jo*n.ja.re.in.ji.neun/go.ju.pa.ro/ga.yo*l.ha.neun/jo.ri.gi.gu.im.ni.da

微波爐就是利用高頻來加熱的調理器具。

單字

오븐	名詞
o.beun	烤箱

例 가정용 오븐은 보통 음식을 만드는데 이용된다.

ga.jo*ng.yong/o.beu.neun/bo.tong/eum.si.geul/man.deu.neun.de/i.yong.dwen.da

家庭用烤箱一般使用在做料理上。

主題單字

調味料

맛의 비밀은 바로 양념에 있다.

味道的祕訣在於調味料。

延伸單字

單字

간장	**名詞**
gan.jang	醬油

例 간장은 뭘로 만드나요?

gan.jang.eun/mwol.lo/man.deu.na.yo

醬油是用什麼做的？

單字

소금	名詞
so.geum	鹽巴

例 소금을 많이 먹으면 갈증, 설사, 복통이 일
어날 수 있다.

so.geu.meul/ma.ni/mo*.geu.myo*n/gal.jjeung//so*l.
sa//bok.tong.i/i.ro*.nal/ssu/it.da

攝取太多鹽分可能會引發渴症、腹瀉、腹痛等問題。

單字

고추장	名詞
go.chu.jang	辣椒醬

例 고추장으로 할 수 있는 요리는 뭐가 있나
요?

go.chu.jang.eu.ro/hal/ssu/in.neun/yo.ri.neun/mwo.
ga/in.na.yo

可以用辣椒醬做的料理有哪些？

單字

기름	名詞
gi.reum	油

例 프라이팬에 기름을 약간 두른다.

peu.ra.i.pe*.ne/gi.reu.meul/yak.gan/du.reun.da

在平底鍋內加一點油。

單字

고추가루	名詞
go.chu.ga.ru	辣椒粉

例 고춧가루는 일반적으로 유통기한이 1년이
다.

go.chut.ga.ru.neun/il.ban.jo*.geu.ro/yu.tong.gi.ha
ni/il.lyo*.ni.da

辣椒粉一般來說流通期限是一年。

單字

후춧가루	名詞
hu.chut.ga.ru	胡椒粉

例 소금, 후춧가루를 약간 뿌리면 더 맛있어요.

so.geum//hu.chut.ga.ru.reul/yak.gan/bu.ri.myo*n/
do*/ma.si.sso*.yo

再灑一點鹽和胡椒粉會更好吃。

單字

마요네즈	名詞
ma.yo.ne.jeu	美乃滋

例 마요네즈는 칼로리가 높으니까 많이 먹지
마.

ma.yo.ne.jeu.neun/kal.lo.ri.ga/no.peu.ni.ga/ma.ni
mo*k.jji/ma

美乃滋的熱量很高，不要吃太多。

主題單字

食材

신선한 식재료는 맛을 결정한다.

新鮮的食材決定好味道。

延伸單字

單字

	名詞
쌀	
ssal	米

例 쌀의 종류도 매우 다양합니다.

ssa.rui/jong.nyu.do/me*.u/da.yang.ham.ni.da

米的種類也很多樣。

單字

계란	名詞
gye.ran	雞蛋

例 계란 후라이는 정말 만들기 쉬운 음식이다.

gye.ran/hu.ra.i.neun/jo*ng.mal/man.deul.gi/swi.un/

eum.si.gi.da

煎蛋是很簡單的料理。

單字

야채	名詞
ya.che*	蔬菜

例 엄마가 만든 야채스프가 제일 맛있다.

o*m.ma.ga/man.deun/ya.che*.seu.peu.ga/je.il/ma.

sit.da

媽媽煮的蔬菜湯最美味。

單字

당근	名詞
dang.geun	紅蘿蔔

例 토끼가 당근을 먹어요.

to.gi.ga/dang.geu.neul/mo*.go*.yo

兔子吃紅蘿蔔。

單字

고구마	名詞
go.gu.ma	地瓜

例 고구마는 영양소가 풍부해서 몸에 좋습니다.

go.gu.ma.neun/yo*ng.yang.so.ga/pung.bu.he*.so*/mo.me/jo.sseum.ni.da

地瓜很營養，對身體很好。

單字

오이	名詞
o.i	小黃瓜

例 오이팩은 염증완화, 수분공급, 미백 등 효과가 있다.

o.i.pe*.geun/yo*m.jeung.wan.hwa//su.bun.gong.geup//mi.be*k/deung/hyo.gwa.ga/it.da

小黃瓜面膜有消炎、補水、美白等效果。

單字

배추	名詞
be*.chu	大白菜

例 배추김치 레시피를 좀 가르쳐 주세요.

be*.chu.gim.chi/re.si.pi.reul/jjom/ga.reu.cho*/ju.se.yo

請告訴我製作大白菜泡菜的配方。

單字

마늘	名詞
ma.neul	大蒜

例 빵집에서 마늘빵 두 개 사 먹었어요.

bang.ji.be.so*/ma.neul.bang/du/ge*/sa/mo*.go*.
sso*.yo

我在麵包店買了兩個大蒜麵包吃了。

單字

토마토	**名詞**
to.ma.to	番茄

例 토마토가 채소일까요? 과일일까요?

to.ma.to.ga/che*.so.il.ga.yo//gwa.i.ril.ga.yo

番茄算蔬菜還是水果？

單字

무	**名詞**
mu	白蘿蔔

例 가을에 나오는 무가 싸고 맛있어요.

ga.eu.re/na.o.neun/mu.ga/ssa.go/ma.si.sso*.yo

秋季出產的白蘿蔔又便宜又好吃。

單字

감자	**名詞**
gam.ja	馬鈴薯

例 감자로 샐러드를 만듭시다.

gam.ja.ro/se*l.lo*.deu.reul/man.deup.ssi.da

我們用馬鈴薯做馬鈴薯沙拉吧。

單字

표고버섯	**名詞**
pyo.go.bo*.so*t	香菇

例 말린 표고버섯을 물에 5시간쯤 담그세요.

mal.lin/pyo.go.bo*.so*.seul/mu.re/da.so*t.ssi.gan.

jjeum/dam.geu.se.yo

請將乾香菇泡在水中約五個小時。

單字

상추	**名詞**
sang.chu	生菜

例 상추는 비타민과 무기질 보충에 좋은 채
소다.

sang.chu.neun/bi.ta.min.gwa/mu.gi.jil/bo.chung.e/

jo.eun/che*.so.da

生菜是補充維他命和礦物質很棒的蔬菜。

單字

두부	**名詞**
du.bu	豆腐

例 두부가 있으니까 마파두부를 만들어 보자.

du.bu.ga/i.sseu.ni.ga/ma.pa.du.bu.reul/man.deu.ro*/

bo.ja

既然有豆腐，我們就來做看看麻婆豆腐吧。

單字

소시지	名詞
so.si.ji	香腸

例 소시지를 나무꼬치에 꽂아 주세요.
so.si.ji.reul/na.mu.go.chi.e/go.ja/ju.se.yo
請把香腸插在竹籤上。

單字

생선	名詞
se*ng.so*n	魚

例 생선을 굽는 냄새가 참 좋다.
se*ng.so*.neul/gum.neun/ne*m.se*.ga/cham/jo.ta
烤魚的味道真香。

單字

고기	名詞
go.gi	肉

例 이건 돼지고기가 아니고 소고기예요.
i.go*n/dwe*.ji.go.gi.ga/a.ni.go/so.go.gi.ye.yo
這不是豬肉是牛肉。

單字

닭갈비	名詞
dak.gal.bi	雞排

例 춘천 닭갈비를 드셔 본 적 있으세요?

chun.cho*n/dak.gal.bi.reul/deu.syo*/bon/jo*k/i.sseu.se.yo

您有吃過春川辣炒雞排嗎？

單字

삼겹살	名詞
sam.gyo*p.ssal	五花肉

例 삼겹살 이인분, 소갈비 일인분 주세요.

sam.gyo*p.ssal/i.in.bun//so.gal.bi/i.rin.bun/ju.se.yo

請給我兩人份的五花肉和一人份的牛排。

單字

새우	名詞
se*.u	蝦

例 새우 껍질을 까는 거 너무 귀찮아요.

se*.u/go*p.jji.reul/ga.neun/go*/no*.mu/gwi.cha.na.yo

剝蝦殼很麻煩。

單字

오징어	名詞
o.jing.o*	魷魚

例 오징어덮밥을 시켰는데 제육덮밥이 나오네요.

o.jing.o*.do*p.ba.beul/ssi.kyo*n.neun.de/je.yuk.do*p.ba.bi/na.o.ne.yo

我點的是魷魚蓋飯，送來的卻是豬肉蓋飯。

單字

김	**名詞**
gim	紫菜、海苔

例 삼각김밥용 김은 어디서 살 수 있어요?

sam.gak.gim.ba.byong/gi.meun/o*.di.so*/sal/ssu/i.sso*.yo

三角飯糰的海苔哪裡可以買得到？

單字

굴	**名詞**
gul	牡蠣

例 굴전을 만들어 봤어. 먹어 봐.

gul.jo*.neul/man.deu.ro*/bwa.sso*//mo*.go*/bwa

我做了牡蠣煎餅，你嘗嘗看。

主題單字

料理

한국의 대표 음식은 김치입니다.

韓國的代表性食物是泡菜。

延伸單字

單字

반찬	名詞
ban.chan	配菜、小菜

例 반찬은 많으니까 마음껏 드세요.

ban.cha.neun/ma.neu.ni.ga/ma.eum.go*t/deu.se.yo

配菜很多盡量吃。

・track 114

民以食為天

單字

돌솥비빔밥	**名詞**
dol.sot.bi.bim.bap	石鍋拌飯

例 돌솥비빔밥은 돌판이 뜨거울 때 빨리 비벼요.

dol.sot.bi.bim.ba.beun/dol.pa.ni/deu.go*.ul/de*/bal.li/bi.byo*.yo

石鍋拌飯要在石板還是燙的時候趕快拌一拌。

單字

떡볶이	**名詞**
do*k.bo.gi	辣炒年糕

例 떡볶이 일인분하고 김밥 한 줄 주세요.

do*k.bo.gi/i.rin.bun.ha.go/gim.bap/han/jul/ju.se.yo

請給我一份辣炒年糕和一條紫菜飯捲。

單字

순두부찌개	**名詞**
sun.du.bu/jji.ge*	嫩豆腐鍋

例 맛있는 순두부찌개를 끓여 줄게요.

ma.sin.neun/sun.du.bu.jji.ge*.reul/geu.ryo*/jul.ge.yo

我煮好吃的嫩豆腐鍋給你吃。

單字

삼계탕	**名詞**
sam.gye.tang	蔘雞湯

◀ 125

例 이 삼계탕집은 좋은 닭과 좋은 재료를 사용해요.

i/sam.gye.tang.ji.beun/jo.eun/dak.gwa/jo.eun/je*.ryo.reul/ssa.yong.he*.yo

這間蔘雞湯店使用很好的雞和食材。

單字

부대찌개	名詞
bu.de*.jji.ge*	部隊鍋

例 오늘 점심은 부대찌개를 먹을까요?

o.neul/jjo*m.si.meun/bu.de*.jji.ge*.reul/mo*.geul.ga.yo

今天的午餐要不要吃部隊鍋？

單字

불고기	名詞
bul.go.gi	烤肉

例 다이어트 중이라서 불고기를 먹을 수 없어요.

da.i.o*.teu/jung.i.ra.so*/bul.go.gi.reul/mo*.geul/ssu/o*p.sso*.yo

我在減肥不能吃烤肉。

單字

순대	名詞
sun.de*	米血腸

例 여긴 순대가 일품이야. 한 번 먹어 봐.

yo*.gin/sun.de*.ga/il.pu.mi.ya//han/bo*n/mo*.go*/
bwa

這裡的米血腸是極品，你吃看看。

單字

비빔냉면	名詞
bi.bim.ne*ng.myo*n	涼拌冷麵

例 이곳은 특히 비빔냉면이 맛있어요.

i.go.seun/teu.ki/bi.bim.ne*ng.myo*.ni/ma.si.sso*.yo

這個地方特別是涼拌冷麵很好吃。

單字

라면	名詞
ra.myo*n	泡麵

例 어제 밤에 컵라면을 먹었다.

o*.je/ba.me/ko*m.na.myo*.neul/mo*.go*t.da

我昨天晚上吃了杯麵。

單字

스테이크	名詞
seu.te.i.keu	牛排

例 스테이크를 중간정도로 익혀 주세요.

seu.te.i.keu.reul/jjung.gan.jo*ng.do.ro/i.kyo*/ju.se.
yo

牛排請幫我煎五分熟。

單字

스파게티	名詞
seu.pa.ge.ti	義大利麵

例 크림스파게티하고 호박스프로 주세요.

keu.rim.seu.pa.ge.ti.ha.go/ho.bak.sseu.peu.ro/ju.se.

yo

請給我奶油義大利麵和南瓜濃湯。

單字

샐러드	名詞
se*l.lo*.deu	生菜沙拉

例 야채샐러드 드레싱은 집에서 직접 만들어

봤다.

ya.che*.se*l.lo*.deu/deu.re.sing.eun/ji.be.so*/jik.

jjo*p/man.deu.ro*/bwat.da

我親自在家嘗試製作了生菜沙拉的醬汁。

主題單字

水果

두리안은 과일의 왕이라고 한다.

榴槤被稱爲水果之王。

延伸單字

單字

과일	名詞
gwa.il	水果

例 다이어트 할 때 밥보다 과일을 먼저 먹어라.

da.i.o*.teu/hal/de*/bap.bo.da/gwa.i.reul/mo*n.jo*/mo*.go*.ra

減肥的時候，不要先吃飯先吃水果吧。

單字

사과	名詞
sa.gwa	蘋果

例 사과 좀 깎아 주세요.

sa.gwa/jom/ga.ga/ju.se.yo

請幫我削蘋果。

單字

딸기	名詞
dal.gi	草莓

例 우리 딸은 딸기 우유를 즐겨 마셔요.

u.ri/da.reun/dal.gi/u.yu.reul/jjeul.gyo*/ma.syo*.yo

我女兒喜歡喝草莓牛奶。

單字

레몬	名詞
re.mon	檸檬

例 생선구이에 레몬즙을 뿌렸어요.

se*ng.so*n.gu.i.e/re.mon.jeu.beul/bu.ryo*.sso*.yo

在烤魚上灑了檸檬汁。

單字

파인애플	名詞
pa.i.ne*.peul	鳳梨

例 파인애플을 먹을 때 소금에 찍어 먹어 봐요.

pa.i.ne*.peu.reul/mo*.geul/de*/so.geu.me/jji.go*/mo*.go*/bwa.yo

吃鳳梨的時候沾一點鹽吃看看吧。

單字

포도	名詞
po.do	葡萄

例 아버지가 포도주를 담글 줄 아세요.

a.bo*.ji.ga/po.do.ju.reul/dam.geul/jjul/a.se.yo

爸爸會釀葡萄酒。

單字

수박	名詞
su.bak	西瓜

例 수박 한 통에 얼마입니까?

su.bak/han/tong.e/o*l.ma.im.ni.ga

一顆西瓜多少錢？

主題單字

甜點

파티에는 케이크가 빠질 수 없다！

辦派對可少不了蛋糕！

延伸單字

單字

무스케이크	名詞
mu.seu.ke.i.keu	慕斯蛋糕

例 초콜릿 무스케이크를 한 조각 주문했다.

cho.kol.lit/mu.seu.ke.i.keu.reul/han/jo.gak/ju.mun.

he*t.da

我點了一塊巧克力慕斯蛋糕。

單字

푸딩	名詞
pu.ding	布丁

例 오늘 디저트는 푸딩입니다.

o.neul/di.jo*.teu.neun/pu.ding.im.ni.da

今天的飯後甜點是布丁。

單字

와플	名詞
wa.peul	鬆餅

例 와플메이커로 직접 와플을 만들어 보자.

wa.peul.me.i.ko*.ro/jik.jjo*p/wa.peu.reul/man.deu.ro*/bo.ja

用鬆餅機親自做鬆餅吧。

單字

마카롱	名詞
ma.ka.rong	馬卡龍、法式小圓餅

例 딸기 마카롱을 만들었어. 먹어 봐.

dal.gi/ma.ka.rong.eul/man.deu.ro*.sso*//mo*.go*/bwa

我做了草莓馬卡龍，你吃看看。

單字

아이스크림	名詞
a.i.seu.keu.rim	冰淇淋

例 오늘 너무 더워서 아이스크림을 먹고 싶네요.

o.neul/no*.mu/do*.wo.so*/a.i.seu.keu.ri.meul/mo*k.go/sim.ne.yo

今天太熱，想吃冰淇淋呢！

單字

빙수	名詞
bing.su	刨冰

例 대만 망고빙수가 유명해요.

de*.man/mang.go.bing.su.ga/yu.myo*ng.he*.yo

台灣的芒果冰很有名。

單字

붕어빵	名詞
bung.o*.bang	鯛魚燒

例 붕어빵은 6개 천원입니다.

bung.o*.bang.eun/yo*.so*t/ge*/cho*.nwo.nim.ni.da

鯛魚燒六個一千韓圜。

主題單字

飲料

최고의 음료수는 물이다.

最棒的飲料就是水。

延伸單字

單字	
물	名詞
mul	水

例 찬물 한 잔 마시고 싶어요.

chan.mul/han/jan/ma.si.go/si.po*.yo

我想喝一杯冷水。

單字

커피	名詞
ko*.pi	咖啡

例 커피 마시면서 일을 해요.

ko*.pi/ma.si.myo*n.so*/i.reul/he*.yo

邊喝咖啡邊工作。

單字

녹차	名詞
nok.cha	綠茶

例 녹차 타 줄까요?

nok.cha/ta/jul.ga.yo

要泡綠茶給你喝嗎?

單字

홍차	名詞
hong.cha	紅茶

例 홍차에 설탕과 우유를 넣어 줘요.

hong.cha.e/so*l.tang.gwa/u.yu.reul/no*.o*/jwo.yo

幫我在紅茶裡加糖和牛奶。

單字

우유	名詞
u.yu	牛奶

例 우유를 많이 마시면 키가 크는데 도움이
돼요.

u.yu.reul/ma.ni/ma.si.myo*n/ki.ga/keu.neun.de/do.
u.mi/dwe*.yo

多喝牛奶對長高有益。

單字

주스	名詞
ju.seu	果汁

例 과일주스 만드는 방법 좀 알려 주세요.

gwa.il.ju.seu/man.deu.neun/bang.bo*p/jom/al.lyo*/
ju.se.yo

請告訴我果汁的製作方法。

單字

콜라	名詞
kol.la	可樂

例 영화 보면서 팝콘하고 콜라를 먹어요.

yo*ng.hwa/bo.myo*n.so*/pap.kon.ha.go/kol.la.reul/
mo*.go*.yo

邊看電影邊吃爆米花和可樂。

主題單字

味道

배고픔이 최고의 양념이다.

飢餓是最棒的調味料。

延伸單字

單字

맛	名詞
mat	味道

例 맛이 어때요?

ma.si/o*.de*.yo

味道如何？

單字

맛있다	形容詞
ma.sit.da	好吃

例 완전 맛있어요.
wan.jo*n/ma.si.sso*.yo
超好吃。

單字

맛없다	形容詞
ma.do*p.da	難吃

例 별로 맛없어요.
byo*l.lo/ma.do*p.sso*.yo
不怎麼好吃。

單字

느끼하다	形容詞
neu.gi.ha.da	油膩

例 고기가 너무 느끼해서 안 먹어요.
go.gi.ga/no*.mu/neu.gi.he*.so*/an/mo*.go*.yo
肉太油膩了，我不吃。

單字

맵다	形容詞
me*p.da	辣

例 너무 매워요. 물 좀 주세요.
no*.mu/me*.wo.yo//mul/jom/ju.se.yo
太辣了，給我水。

單字

달다	形容詞
dal.da	甜

例 단 것을 좋아해요.
dan/go*.seul/jjo.a.he*.yo
我喜歡甜食。

單字

짜다	形容詞
jja.da	鹹

例 좀 짜지만 맛있어요.
jom/jja.ji.man/ma.si.sso*.yo
有點鹹，但很好吃。

單字

쓰다	形容詞
sseu.da	苦

例 맛이 좀 쓰네요.
ma.si/jom/sseu.ne.yo
味道有點苦。

單字

시다	形容詞
si.da	酸

例 귤 아직은 많이 셔요. 못 먹어요.
gyul/a.ji.geun/ma.ni/syo*.yo//mot/mo*.go*.yo
橘子還很痠，我不敢吃。

單字

싱겁다	形容詞
sing.go*p.da	清淡

例 국이 약간 싱거워서 소금을 조금 더 넣었어요.

gu.gi/yak.gan/sing.go*.wo.so*/so.geu.meul/jjo.geum/do*/no.o*.sso*.yo

湯有點淡,我又加了一點鹽。

單字

진하다	形容詞
jin.ha.da	濃、稠

例 국물이 너무 진할 때 물을 적당량 넣으세요.

gung.mu.ri/no*.mu/jin.hal/de*/mu.reul/jjo*k.dang.nyang/no*.eu.se.yo

湯頭太濃時,請加入適當量的水。

主題單字

用餐

먹는 것이 행복이다.

能吃就是幸福。

延伸單字

單字	
먹다	**動詞**
mo*k.da	吃

例 왜 안 먹어요?

we*/an/mo*.go*.yo

你為什麼不吃？

單字

마시다	動詞
ma.si.da	喝

例 뭘 마실 거예요?

mwol/ma.sil/go*.ye.yo

你要喝什麼？

單字

식사하다	動詞
sik.ssa.ha.da	用餐、吃飯

例 퇴근 후에 같이 식사할까요?

twe.geun/hu.e/ga.chi/sik.ssa.hal.ga.yo

下班後要不要一起用餐？

單字

시키다	動詞
si.ki.da	點（菜）

例 우동을 시켰어요.

u.dong.eul/ssi.kyo*.sso*.yo

我點了烏龍麵。

單字

아침	名詞
a.chim	早餐、早上

例 아침을 먹어야 힘이 나요.

a.chi.meul/mo*.go*.ya/hi.mi/na.yo

要吃早餐才會有力氣。

單字

점심	名詞
jo*m.sim	午餐、中午

例 점심 메뉴는 뭐예요?

jo*m.sim/me.nyu.neun/mwo.ye.yo

中午菜單是什麼?

單字

저녁	名詞
jo*.nyo*k	晚餐、晚上

例 저녁 같이 드실래요?

jo*.nyo*k/ga.chi/deu.sil.le*.yo

晚餐要一起吃嗎?

單字

식당	名詞
sik.dang	餐館

例 점심은 회사 식당에서 먹어요.

jo*m.si.meun/hwe.sa/sik.dang.e.so*/mo*.go*.yo

午餐在員工餐廳吃。

單字

레스토랑	名詞
re.seu.to.rang	西餐廳

例 비싼 레스토랑에서 여자친구에게 프로포
즈를 했다.

bi.ssan/re.seu.to.rang.e.so*/yo*.ja.chin.gu.e.ge/peu.
ro.po.jeu.reul/he*t.da

在昂貴的西餐廳向女朋友求婚了。

單字

패스트푸드점	名詞
pe*.seu.teu.pu.deu.jo*m	速食店

例 저는 패스트푸드점에서 아르바이트해요.

jo*.neun/pe*.seu.teu.pu.deu.jo*.me.so*/a.reu.ba.i.
teu.he*.yo

我在速食店打工。

單字

식탁	名詞
sik.tak	餐桌

例 식탁 위에 사과하고 바나나가 있어요.

sik.tak/wi.e/sa.gwa.ha.go/ba.na.na.ga/i.sso*.yo

餐桌上有蘋果和香蕉。

單字

젓가락	名詞
jo*t.ga.rak	筷子

例 젓가락을 깨끗한 것으로 바꿔 주세요.

jo*t.ga.ra.geul/ge*.geu.tan/go*.seu.ro/ba.gwo/ju.se.yo

請幫我換雙乾淨的筷子。

單字

숟가락	名詞
sut.ga.rak	湯匙

例 숟가락 하나 더 주시겠어요?

sut.ga.rak/ha.na/do*/ju.si.ge.sso*.yo

可以再給我一支湯匙嗎?

單字

컵	名詞
ko*p	杯子

例 컵 안에 이상한 벌레가 있어요.

ko*p/a.ne/i.sang.han/bo*l.le.ga/i.sso*.yo

杯子裡有奇怪的蟲子。

單字

포크	名詞
po.keu	叉子

例 스테이크 먹을 때 포크와 나이프를 사용
해요.

seu.te.i.keu/mo*.geul/de*/po.keu.wa/na.i.peu.reul/
ssa.yong.he*.yo

吃牛排的時候,會使用叉子和刀。

單字

칼	名詞
kal	刀

例 칼로 사람을 죽였다.

kal.lo/sa.ra.meul/jju.gyo*t.da

用刀殺了人。

單字

와인잔	名詞
wa.in.jan	酒杯、紅酒杯

例 와인잔 두 개 가져 오세요.

wa.in.jan/du/ge*/ga.jo*/o.se.yo

請拿兩個紅酒杯過來。

單字

식탁보	名詞
sik.tak.bo	餐桌布

例 식탁보를 새로 구입하고 싶습니다.

sik.tak.bo.reul/sse*.ro/gu.i.pa.go/sip.sseum.ni.da

我想新買一個餐桌布。

Chapter 4

이 세상에 집보다 더 좋은 곳
은 없다.
這個世界上沒有比家更好的地
方。

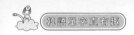
主題單字

房子

집은 넓으면 넓을수록 좋겠죠?

房子是越大越好吧？

延伸單字

單字

집	名詞
jip	家

例 밖에 비가 오니까 우리 집에서 요리하자.

ba.ge/bi.ga/o.ni.ga/u.ri/ji.be.so*/yo.ri.ha.ja

外面下雨，我們在家煮飯吧。

例 아저씨 집이 어디예요?

a.jo*.ssi/ji.bi/o*.di.ye.yo

大叔你家在哪裡？

單字

아파트	名詞
a.pa.teu	大樓公寓

例 아파트로 이사가면 관리비는 얼마예요?

a.pa.teu.ro/i.sa.ga.myo*n/gwal.li.bi.neun/o*l.ma.ye.
yo

如果搬到大樓住,管理費要多少錢?

單字

고시원	名詞
go.si.won	考試院

例 내가 대학생이었을때 고시원에서 살았어요.

ne*.ga/de*.hak.sse*ng.i.o*.sseul.de*/go.si.wo.ne.
so*/sa.ra.sso*.yo

我大學的時候,住在考試院。

單字

원룸	名詞
wol.lum	套房

例 서울의 원룸 월세는 얼마정도일까요?

so*.u.rui/wol.lum/wol.se.neun/o*l.ma.jo*ng.do.il.
ga.yo

首爾套房的月租大概多少錢?

單字

빌딩	名詞
bil.ding	辦公大樓

例 저 큰 빌딩이 보이십니까? 저희 회사입니다.
jo*/keun/bil.ding.i/bo.i.sim.ni.ga//jo*.hi/hwe.sa.im.ni.da
您有看見那棟大廈嗎？那是我們公司。

單字

별장	名詞
byo*l.jang	別墅

例 나도 별장 하나 있었으면 정말 좋겠다.
na.do/byo*l.jang/ha.na/i.sso*.sseu.myo*n/jo*ng.mal/jjo.ket.da
如果我也有一棟別墅就太棒了。

單字

단층집	名詞
dan.cheung.jip	平房

例 우리 할머니가 사시는 집은 단층집이에요.
u.ri/hal.mo*.ni.ga/sa.si.neun/ji.beun/dan.cheung.ji.bi.e.yo
我奶奶住的是平房。

單字

거실	名詞
go*.sil	客廳

例 아버지가 거실에서 신문을 보세요.
a.bo*.ji.ga/go*.si.re.so*/sin.mu.neul/bo.se.yo
爸爸在客廳看報紙。

單字

방	名詞
bang	房間

例 방에서 뭐 하고 있어요?

bang.e.so*/mwo/ha.go/i.sso*.yo

你在房間做什麼?

單字

화장실	名詞
hwa.jang.sil	廁所

例 화장실은 이층에 있습니다.

hwa.jang.si.reun/i.cheung.e/it.sseum.ni.da

廁所在二樓。

單字

욕실	名詞
yok.ssil	浴室

例 우리 집 욕실에 욕조가 없습니다.

u.ri/jip/yok.ssi.re/yok.jjo.ga/o*p.sseum.ni.da

我家浴室沒有浴缸。

單字

부엌	名詞
bu.o*k	廚房

例 부엌에서 좋은 냄새가 나네요.

bu.o*.ke.so*/jo.eun/ne*m.se*.ga/na.ne.yo

從廚房傳出很香的味道。

單字

베란다	名詞
be.ran.da	陽臺

例 집에서 채소를 키울 때는 베란다를 활용
하세요.

ji.be.so*/che*.so.reul/ki.ul/de*.neun/be.ran.da.reul/
hwa.ryong.ha.se.yo

在家種菜時，請好好利用陽台。

單字

윗층	名詞
wit.cheung	樓上

例 저는 윗층에서 살고 부모님은 아래층에서
사십니다.

jo*.neun/wit.cheung.e.so*/sal.go/bu.mo.ni.meun/a.
re*.cheung.e.so*/sa.sim.ni.da

我住在樓上，父母住在樓下。

單字

아래층	名詞
a.re*.cheung	樓下

例 아래층에서 뭐 이상한 소리가 나요.
a.re*.cheung.e.so*/mwo/i.sang.han/so.ri.ga/na.yo
從樓下傳出奇怪的聲音。

單字

앞마당	名詞
am.ma.dang	前院

例 강아지가 앞마당에서 뛰어 다니고 있다.

gang.a.ji.ga/am.ma.dang.e.so*/dwi.o*/da.ni.go/it.da

小狗在前院跑來跑去。

單字

차고	名詞
cha.go	車庫

例 개인차고가 없어서 자동차를 안 사요.

ge*.in.cha.go.ga/o*p.sso*.so*/ja.dong.cha.reul/an/
sa.yo

因為我沒有個人車庫，所以不買車。

單字

지하실	名詞
ji.ha.sil	地下室

例 무서워서 혼자 지하실로 못 내려 가요.

mu.so*.wo.so*/hon.ja/ji.ha.sil.lo/mot/ne*.ryo*/ga.
yo

我害怕不敢自己下去地下室。

單字

옥상	名詞
ok.ssang	屋頂

例 누가 옥상에서 떨어졌다.

nu.ga/ok.ssang.e.so*/do*.ro*.jo*t.da

有人從屋頂掉下來了。

單字

천장	名詞
cho*n.jang	天花板

例 호텔 천장 인테리어가 너무 화려합니다.

ho.tel/cho*n.jang/in.te.ri.o*.ga/no*.mu/hwa.ryo*.

ham.ni.da

飯店天花板的裝潢很華麗。

單字

마루	名詞
ma.ru	地板

例 강아지가 마루에서 자고 있다.

gang.a.ji.ga/ma.ru.e.so*/ja.go/it.da

小狗在地板睡覺。

單字

계단	名詞
gye.dan	樓梯

例 위층으로 올라가는 계단은 어디입니까?

wi.cheung.eu.ro/ol.la.ga.neun/gye.da.neun/o*.di.im.

ni.ga

通往樓上的樓梯在哪裡？

單字

벽	**名詞**
byo*k	牆壁

例 지진이 나서 벽에 순식간에 금이 갔다.
ji.ji.ni/na.so*/byo*.ge/sun.sik.ga.ne/geu.mi/gat.da
因為地震牆壁出現裂痕了。

單字

창문	**名詞**
chang.mun	窗戶

例 창문을 열어서 환기를 좀 시킬까요?
chang.mu.neul/yo*.ro*.so*/hwan.gi.reul/jjom/si.kil.
ga.yo
我們打開窗戶透透氣好嗎?

單字

벨	**名詞**
bel	門鈴

例 집 벨소리가 작아서 안 들려요.
jip/bel.so.ri.ga/ja.ga.so*/an/deul.lyo*.yo
家裡門鈴太小聲聽不見。

單字

현관	**名詞**
hyo*n.gwan	門口

例 현관에 서 있는 분이 누구세요?

hyo*n.gwa.ne/so*/in.neun/bu.ni/nu.gu.se.yo

站在門口的人是誰？

單字

이사하다	動詞
i.sa.ha.da	搬家

例 저는 다음 달에 이사할 겁니다.

jo*.neun/da.eum/da.re/i.sa.hal/go*m.ni.da

我下個月要搬家了。

單字

집을 구하다	詞組
ji.beul/gu.ha.da	找房子

例 집을 구하고 있는데 좋은 집 좀 추천해 주
세요.

ji.beul/gu.ha.go/in.neun.de/jo.eun/jip/jom/chu.cho*
n.he*/ju.se.yo

我在找房子請推薦我不錯的房子。

單字

집세를 내다	詞組
jip.sse.reul/ne*.da	交房租

例 집세는 오빠가 다 내니까 걱정하지 마.

jip.sse.neun/o.ba.ga/da/ne*.ni.ga/go*k.jjo*ng.ha.ji/
ma

房租哥哥我來付，你不用擔心。

單字

집을 짓다	詞組
ji.beul/jjit.da	蓋房子

例 나중에 제 집을 지어서 살고 싶습니다.

na.jung.e/je/ji.beul/jji.o*.so*/sal.go/sip.sseum.ni.da

以後我想蓋自己的房子來住。

單字

집을 사다	詞組
ji.beul/ssa.da	買房

例 결혼하기 전에 집을 사려고 해요.

gyo*l.hon.ha.gi/jo*.ne/ji.beul/ssa.ryo*.go/he*.yo

婚前我想買房子。

單字

집에 있다	詞組
ji.be/it.da	待在家

例 지금 집에 있는 사람이 누구야?

ji.geum/ji.be/in.neun/sa.ra.mi/nu.gu.ya

現在是誰在家？

單字

집에 가다	詞組
ji.be/ga.da	回家

例 일이 다 끝났으면 집에 가도 좋습니다.

i.ri/da/geun.na.sseu.myo*n/ji.be/ga.do/jo.sseum.ni.

da

如果事情都做完的話就回家吧。

單字

~에서 살다	**詞組**
e.so*/sal.da	住在~

例 5년 전에 부산에서 살았어요.

o.nyo*n/jo*.ne/bu.sa.ne.so*/sa.ra.sso*.yo

五年前我住在釜山。

主題單字

家具

가구 위치만 바꿔도 새집 같아요.

只需更換家具位置，家便可煥然一新。

延伸單字

單字

가구	名詞
ga.gu	家具

例 어디서 중고가구를 파나요?

o*.di.so*/jung.go.ga.gu.reul/pa.na.yo

哪裡有賣中古家具？

單字

책상	名詞
che*k.ssang	書桌

例 내가 책상 앞에서 공부를 해요.

ne*.ga/che*k.ssang/a.pe.so*/gong.bu.reul/he*.yo

我在書桌前面念書。

單字

식탁	名詞
sik.tak	餐桌

例 어머니가 밥과 반찬을 식탁 위에 차려 놓
으셨다.

o*.mo*.ni.ga/bap.gwa/ban.cha.neul/ssik.tak/wi.e/
cha.ryo*/no.eu.syo*t.da

媽媽把飯和菜擺好在餐桌上了。

單字

테이블	名詞
te.i.beul	桌子

例 서류는 테이블 위에 있으니 가져 와라.

so*.ryu.neun/te.i.beul/wi.e/i.sseu.ni/ga.jo*/wa.ra

資料在桌子上，你拿過來。

單字

의자	名詞
ui.ja	椅子

例 이 의자에 앉으세요.

i/ui.ja.e/an.jeu.se.yo

請坐在這椅子上。

單字

소파	名詞
so.pa	沙發

例 소파에서 자지 말고 침대에서 자요.

so.pa.e.so*/ja.ji/mal.go/chim.de*.e.so*/ja.yo

不要在沙發上睡，去床上睡。

單字

유리장	名詞
yu.ri.jang	玻璃櫃

例 가구점에서 예쁜 유리장을 샀다.

ga.gu.jo*.me.so*/ye.beun/yu.ri.jang.eul/ssat.da

在家具店買了漂亮的玻璃櫃。

單字

침대	名詞
chim.de*	床

例 집에 싱글침대 한 개, 더블침대 두 개 있어요.

ji.be/sing.geul.chim.de*/han/ge*//do*.beul.chim.de*/du/ge*/i.sso*.yo

家裡有一張單人床兩張雙人床。

單字

옷장	名詞
ot.jjang	衣櫃

例 옷장정리 노하우 좀 알려 줘요.
ot.jjang.jo*ng.ni/no.ha.u/jom/al.lyo*/jwo.yo
請告訴我整理衣櫃的秘訣。

單字

신발장	名詞
sin.bal.jjang	鞋櫃

例 커피찌꺼기를 신발장에 넣어 두면 냄새를 제거할 수 있다.
ko*.pi.jji.go*.gi.reul/ssin.bal.jjang.e/no*.o*/du.myo*n/ne*m.se*.reul/jje.go*.hal/su/it.da
把咖啡渣放入鞋櫃可以除味道。

單字

텔레비전	名詞
tel.le.bi.jo*n	電視機

例 소파에 누워서 텔레비전을 봐요.
so.pa.e/nu.wo.so*/tel.le.bi.jo*.neul/bwa.yo
躺在沙發上看電視。

單字

선풍기	名詞
so*n.pung.gi	電風扇

例 선풍기 날개가 부러졌다.

so*n.pung.gi/nal.ge*.ga/bu.ro*.jo*t.da

電風扇的風扇斷掉了。

單字

세탁기	名詞
se.tak.gi	洗衣機

例 세탁물을 세탁기에 넣었다.

se.tang.mu.reul/sse.tak.gi.e/no*.o*t.da

把要洗的衣服放入洗衣機。

單字

에어컨	名詞
e.o*.ko*n	空調、冷氣

例 요즘 너무 더워서 에어컨없이는 잠을 못 자요.

yo.jeum/no*.mu/do*.wo.so*/e.o*.ko*.no*p.ssi. neun/ja.meul/mot/ja.yo

最近太熱了，沒有冷氣沒辦法睡。

單字

청소기	名詞
cho*ng.so.gi	吸塵器

例 집 청소기 흡입력이 약해졌다.

jip/cho*ng.so.gi/heu.bim.nyo*.gi/ya.ke*.jo*t.da

家裡的吸塵器吸力變弱了。

單字

전등	**名詞**
jo*n.deung	電燈

例 욕실 전등이 켜지지 않았다.

yok.ssil/jo*n.deung.i/kyo*.ji.ji/a.nat.da

浴室電燈不亮。

單字

거울	**名詞**
go*.ul	鏡子

例 거울이 바닥으로 떨어져 깨졌다.

go*.u.ri/ba.da.geu.ro/do*.ro*.jo*/ge*.jo*t.da

鏡子掉在地上破掉了。

主題單字

家事

우리는 맞벌이라 집안일은 분담해서 해요.

我們是雙薪家庭家務一起分擔。

延伸單字

單字

집안일	名詞
ji.ba.nil	家事、家務

例 보통 집안일을 누가 많이 해요?

bo.tong/ji.ba.ni.reul/nu.ga/ma.ni/he*.yo

通常家事都是誰做的多呢？

 韓語單字真有趣

• track 155

單字

빨래하다	**動詞**
bal.le*.ha.da	洗衣服

例 세탁기로 빨래하면 옷이 구겨져요.

se.tak.gi.ro/bal.le*.ha.myo*n/o.si/gu.gyo*.jo*.yo

用洗衣機洗衣服，衣服會起皺。

單字

빨래를 널다	**詞組**
bal.le*.reul/no*l.da	曬衣服

例 엄마가 베란다에서 빨래를 널고 있다.

o*.m.ma.ga/be.ran.da.e.so*/bal.le*.reul/no*l.go/it.da

媽媽在陽台曬衣服。

單字

빨래를 걷다	**詞組**
bal.le*.reul/go*t.da	收衣服

例 비가 오기 전에 빨래를 걷어야 한다.

bi.ga/o.gi/jo*.ne/bal.le*.reul/go*.do*.ya/han.da

下雨前要先把衣服收進來。

單字

설거지하다	**動詞**
so*l.go*.ji.ha.da	洗碗

例 저는 설거지하는 거 싫어해요.

jo*.neun/so*l.go*.ji.ha.neun/go*/si.ro*.he*.yo

我討厭洗碗。

單字

정리하다	**動詞**
jo*ng.ni.ha.da	整理

例 필요 없는 물건을 정리합시다.

pi.ryo/o*m.neun/mul.go*.neul/jjo*ng.ni.hap.ssi.da

我們整理一下不需要的東西吧。

單字

마루를 닦다	**詞組**
ma.ru.reul/dak.da	擦地板

例 나는 설거지를 하고 동생은 마루를 닦아요.

na.neun/so*l.go*.ji.reul/ha.go/dong.se*ng.eun/ma.
ru.reul/da.ga.yo

我洗碗弟弟擦地板。

單字

방을 치우다	**詞組**
bang.eul/chi.u.da	收拾房間

例 더러우니까 방 좀 치우세요.

do*.ro*.u.ni.ga/bang/jom/chi.u.se.yo

很髒請你收拾房間。

單字

책상을 닦다	**詞組**
che*k.ssang.eul/dak.da	擦桌子

例 책상을 걸레로 닦아 줘요.

che*k.ssang.eul/go*l.le.ro/da.ga/jwo.yo

幫我用抹布擦桌子。

單字

쓰레기를 버리다	詞組
sseu.re.gi.reul/bo*.ri.da	丟垃圾

例 길에 쓰레기를 버리지 마세요.

gi.re/sseu.re.gi.reul/bo*.ri.ji/ma.se.yo

不要在路上丟垃圾。

單字

가정주부	名詞
ga.jo*ng.ju.bu	家庭主婦

例 저는 가정주부이자 직장인입니다.

jo*.neun/ga.jo*ng.ju.bu.i.ja/jik.jjang.i.nim.ni.da

我是家庭主婦也是上班族。

主題單字

家人

세상에 가족만큼 중요한 것은 없다.

世界上沒有比家人更重要的。

延伸單字

單字

가족	名詞
ga.jok	家人、家族

例 가족은 내 전부다.

ga.jo.geun/ne*/jo*n.bu.da

家人是我的一切。

韓語單字真有趣

單字

가정	名詞
ga.jo*ng	家庭

例 행복한 가정은 미리 누리는 천국이다.
he*ng.bo.kan/ga.jo*ng.eun/mi.ri/nu.ri.neun/cho*n.
gu.gi.da
幸福的家庭是提早體驗的天國。

單字

아버지	名詞
a.bo*.ji	爸爸

例 아버지는 지금 퇴직을 하셔서 집에 계십
니다.
a.bo*.ji.neun/ji.geum/twe.ji.geul/ha.syo*.so*/ji.be/
gye.sim.ni.da
爸爸退休了現在在家。

單字

어머니	名詞
o*.mo*.ni	媽媽

例 우리 어머니는 저보다 키가 작고 머리카
락이 짧으세요.
u.ri/o*.mo*.ni.neun/jo*.bo.da/ki.ga/jak.go/mo*.ri.
ka.ra.gi/jjal.beu.se.yo
我媽媽個子比我小，頭髮比較短。

單字

형	名詞
hyo*ng	哥哥（弟稱兄）

例 형, 여기서 뭐하는 거예요?

hyo*ng//yo*.gi.so*/mwo.ha.neun/go*.ye.yo

哥，你在這裡做什麼？

單字

오빠	名詞
o.ba	哥哥（妹稱兄）

例 오빠, 오늘도 바빠? 같이 놀자.

o.ba//o.neul.do/ba.ba//ga.chi/nol.ja

哥哥，你今天也很忙嗎？一起玩吧。

單字

누나	名詞
nu.na	姊姊（弟稱姊）

例 누나가 다음 달에 결혼할 거예요.

nu.na.ga/da.eum/da.re/gyo*l.hon.hal/go*.ye.yo

姊姊下個月要結婚了。

單字

언니	名詞
o*n.ni	姊姊（妹稱姊）

例 언니, 이 옷 나한테 하루만 빌려 줄래?

o*n.ni//i/ot/na.han.te/ha.ru.man/bil.lyo*/jul.le*

姊姊，這件衣服可以借我一天嗎？

單字

남동생	名詞
nam.dong.se*ng	弟弟

例 안경을 낀 사람은 제 남동생입니다.

an.gyo*ng.eul/gin/sa.ra.meun/je/nam.dong.se*ng.
im.ni.da

戴眼鏡的人是我弟弟。

單字

여동생	名詞
yo*.dong.se*ng	妹妹

例 내 여동생이 집을 나간 지 며칠이 지났다.

ne*/yo*.dong.se*ng.i/ji.beul/na.gan/ji/myo*.chi.ri/
ji.nat.da

我妹妹離開家已經有幾天了。

單字

남편	名詞
nam.pyo*n	丈夫、老公

例 내 남편이 되어줄래?

ne*/nam.pyo*.ni/dwe.o*.jul.le*

我願意當我老公嗎？

單字

아내	名詞
a.ne*	太太、老婆

例 이쪽은 제 아내입니다.

i.jjo.geun/je/a.ne*.im.ni.da

這位是我老婆。

單字

아들	名詞
a.deul	兒子

例 아드님이 아빠랑 꼭 닮았네요.

a.deu.ni.mi/a.ba.rang/gok/dal.man.ne.yo

您的兒子跟爸爸很像呢！

單字

딸	名詞
dal	女兒

例 어제 아침 7시쯤에 제 딸이 태어났습니다.

o*.je/a.chim/il.gop.ssi.jjeu.me/je/da.ri/te*.o*.nat.

sseum.ni.da

昨天早上七點左右我女兒誕生了。

單字

할아버지	名詞
ha.ra.bo*.ji	爺爺

例 할아버지는 어디에 사십니까?

ha.ra.bo*.ji.neun/o*.di.e/sa.sim.ni.ga

爺爺住在哪裡？

單字

할머니	名詞
hal.mo*.ni	奶奶

例 할머니는 어디에 앉아 계십니까?

hal.mo*.ni.neun/o*.di.e/an.ja/gye.sim.ni.ga

奶奶坐在哪裡？

單字

손자	名詞
son.ja	孫子

例 나한테도 이제 손자가 생겼다.

na.han.te.do/i.je/son.ja.ga/se*ng.gyo*t.da

現在我也有孫子了。

單字

손녀	名詞
son.nyo*	孫女

例 우리 손녀가 피아노를 정말 잘 칩니다.

u.ri/son.nyo*.ga/pi.a.no.reul/jjo*ng.mal/jjal/chim.ni.da

我孫女很會彈鋼琴。

單字

조카	名詞
jo.ka	姪子

例 난 지금 조카랑 같이 살아요.

nan/ji.geum/jo.ka.rang/ga.chi/sa.ra.yo

我現在跟侄子一起住。

單字

친척	名詞
chin.cho*k `	親戚

例 내일은 친척들이 우리 집에 모이는 날이
다.

ne*.i.reun/chin.cho*k.deu.ri/u.ri/ji.be/mo.i.neun/na.
ri.da

明天是親戚們來我們家的日子。

單字

친정	名詞
chin.jo*ng	娘家

例 결혼한 여자들이 친정 집에 가는 걸 좋아
한다.

gyo*l.hon.han/yo*.ja.deu.ri/chin.jo*ng/ji.be/ga.
neun/go*l/jo.a.han.da

婚後的女性喜歡回娘家。

主題單字

家居生活
집에서 할일 없을 때 뭐하면 좋나
요?

在家閒閒沒事時做什麼好呢?

延伸單字

單字

자다	動詞
ja.da	睡覺

例 피곤해서 먼저 잘게요.
pi.gon.he*.so*/mo*n.jo*/jal.ge.yo
我累了去睡了。

Chapter 4

這個世界上沒有比家更好的地方

單字

주무시다	動詞
ju.mu.si.da	睡覺（자다的敬語）

例 안녕히 주무세요.

an.nyo*ng.hi/ju.mu.se.yo

晚安。

單字

일어나다	動詞
i.ro*.na.da	起床、站起來

例 자지 말고 어서 일어나요!

ja.ji/mal.go/o*.so*/i.ro*.na.yo

不要睡了，快點起床。

單字

청소하다	動詞
cho*ng.so.ha.da	打掃

例 같이 방을 깨끗하게 청소합시다.

ga.chi/bang.eul/ge*.geu.ta.ge/cho*ng.so.hap.ssi.da

我們一起把房間打掃乾淨吧。

單字

세수하다	動詞
se.su.ha.da	洗臉

例 오늘 일어나서 세수 안 했다.

o.neul/i.ro*.na.so*/se.su/an/he*t.da

今天我起床後沒有洗臉。

單字

양치질하다	動詞
yang.chi.jil.ha.da	刷牙、漱口

例 너 양치질 안 했지?

no*/yang.chi.jil/an/he*t.jji

你沒刷牙對吧？

單字

샤워하다	動詞
sya.wo.ha.da	洗澡、沖澡

例 전화가 울릴때 나는 샤워하고 있었다.

jo*n.hwa.ga/ul.lil.de*/na.neun/sya.wo.ha.go/i.sso*t.da

電話響的時候，我正在沖澡。

單字

옷을 갈아입다	詞組
o.seul/ga.ra.ip.da	換衣服

例 나 옷 좀 갈아입고 나갈게요.

na/ot/jom/ga.ra.ip.go/na.gal.ge.yo

我換個衣服就出門。

單字

텔레비전을 보다	詞組
tel.le.bi.jo*.neul/bo.da	看電視

例 텔레비전만 보지 말고 나가서 운동 좀 하세요.

tel.le.bi.jo*n.man/bo.ji/mal.go/na.ga.so*/un.dong/jom/ha.se.yo

不要一直看電視，出去運動一下吧。

單字

인터넷을 하다	詞組
in.to*.ne.seul/ha.da	上網

例 인터넷을 할 때 어떤 브라우저로 해요?

in.to*.ne.seul/hal/de*/o*.do*n/beu.ra.u.jo*.ro/he*.yo

你上網的時候都用什麼瀏覽器呢？

單字

게임을 하다	詞組
ge.i.meul/ha.da	玩遊戲

例 나는 이제 게임을 안 하기로 했다.

na.neun/i.je/ge.i.meul/an/ha.gi.ro/he*t.da

我決定不再玩遊戲了。

單字

숙제를 하다	詞組
suk.jje.reul/ha.da	寫作業

例 저번에 내 준 숙제 다 했습니까?

jo*.bo*.ne/ne*/jun/suk.jje/da/he*t.sseum.ni.ga

上次給你們的作業都寫完了嗎？

單字

음악을 듣다	**詞組**
eu.ma.geul/deut.da	聽音樂

例 어느 나라 음악을 즐겨 들어요?

o*.neu/na.ra/eu.ma.geul/jjeul.gyo*/deu.ro*.yo

你喜歡聽哪個國家的音樂？

單字

낮잠을 자다	**詞組**
nat.jja.meul/jja.da	睡午覺

例 빨리 집에 가서 낮잠을 자고 싶다.

bal.li/ji.be/ga.so*/nat.jja.meul/jja.go/sip.da

我想趕快回家睡午覺。

單字

불을 켜다	**詞組**
bu.reul/kyo*.da	開燈

例 교실이 어두우니까 불을 켜 주세요.

gyo.si.ri/o*.du.u.ni.ga/bu.reul/kyo*/ju.se.yo

教室很暗，請把燈打開。

單字

불을 끄다	**詞組**
bu.reul/geu.da	關燈

例 지금 켜져 있는 불은 꺼야 합니다.

ji.geum/kyo*.jo*/in.neun/bu.reun/go*.ya/ham.ni.da

務必把現在亮著的燈關掉。

單字

문을 열다	**詞組**
mu.neul/yo*l.da	開門

例 문을 열어 주시겠습니까?

mu.neul/yo*.ro*/ju.si.get.sseum.ni.ga

可以幫我開門嗎？

單字

문을 닫다	**詞組**
mu.neul/dat.da	關門

例 문을 닫아 드릴까요?

mu.neul/da.da/deu.ril.ga.yo

要我幫您關門嗎？

單字

공부하다	**動詞**
gong.bu.ha.da	念書、學習

例 우리 아들은 미국에서 경영학을 공부하고 있어요.

u.ri/a.deu.reun/mi.gu.ge.so*/gyo*ng.yo*ng.ha.geul/

gong.bu.ha.go/i.sso*.yo

我兒子在美國念經營學。

Chapter 5

건강은 바로 만사의 즐거움과
희망의 원천이 된다.
健康是世上快樂與希望的泉源。

主題單字

健康

건강을 잃으면 모든 것을 잃는다.

失去健康等於失去一切。

延伸單字

單字

건강하다	**形容詞**
go*n.gang.ha.da	健康

例 할아버지하고 할머니는 여전히 건강하십
니다.

ha.ra.bo*.ji.ha.go/hal.mo*.ni.neun/yo*.jo*n.hi/go*
n.gang.ha.sim.ni.da

爺爺和奶奶仍很健康。

單字

生活習慣	名詞
se*ng.hwal.seup.gwan	生活習慣

例 건강을 지키기 위해 생활습관을 고치는 것
이 중요하다.

go*n.gang.eul/jji.ki.gi/wi.he*/se*ng.hwal.seup.gwa.
neul/go.chi.neun/go*.si/jung.yo.ha.da

為了守護健康，改變生活習慣是很重要的。

單字

수면	名詞
su.myo*n	睡眠

例 가장 적당한 수면 시간은 여덟시간이다.

ga.jang/jo*k.dang.han/su.myo*n/si.ga.neun/yo*.do*.
p.ssi.ga.ni.da

最適當的睡眠時間是八小時。

單字

스트레스	名詞
seu.teu.re.seu	壓力

例 회사 일 때문에 스트레스가 쌓입니다.

hwe.sa/il/de*.mu.ne/seu.teu.re.seu.ga/ssa.im.ni.da

因為公司工作的關係，感到很有壓力。

單字

체중이 늘다	詞組
che.jung.i/neul.da	體重增加

例 요즘 내 체중이 조금 느는 것 같아요.

yo.jeum/ne*/che.jung.i/jo.geum/neu.neun/go*t/ga.

ta.yo

最近我的體重好像增加了。

單字

체중을 줄이다	詞組
che.jung.eul/jju.ri.da	減重

例 운동을 통해서 체중을 많이 줄였다.

un.dong.eul/tong.he*.so*/che.jung.eul/ma.ni/ju.ryo*

t.da

藉由運動瘦很多了。

單字

비만	名詞
bi.man	肥胖

例 비만은 지방이 과도하게 축적된 상태를 말

한다.

bi.ma.neun/ji.bang.i/gwa.do.ha.ge/chuk.jjo*k.dwen/

sang.te*.reul/mal.han.da

肥胖是指累積過多脂肪的狀態。

單字

물을 마시다	詞組
mu.reul/ma.si.da	喝水

例 평소 하루 여덟 잔 이상의 물을 마시도록 한다.

pyo*ng.so/ha.ru/yo*l/jan/i.sang.ui/mu.reul/ma.si.do.rok/han.da

平時一天要喝八杯以上的水。

單字

영양제	名詞
yo*ng.yang.je	營養劑

例 영양제를 많이 먹으면 독이 될 수도 있다.

yo*ng.yang.je.reul/ma.ni/mo*.geu.myo*n/do.gi/dwel/su.do/it.da

如果吃太多營養劑，有可能會變成毒藥。

單字

비타민	名詞
bi.ta.min	維他命

例 비타민C는 피부톤을 밝게 하는 효과가 있다.

bi.ta.min.C.neun/pi.bu.to.neul/bal.ge/ha.neun/hyo.gwa.ga/it.da

維他命C有亮白膚色的效果。

單字

과로	名詞
gwa.ro	過勞

例 건강을 위해 지나친 과로는 피하셔야 합
니다.

go*n.gang.eul/wi.he*/ji.na.chin/gwa.ro.neun/pi.ha.
syo*.ya/ham.ni.da

為了健康，務必避免過度勞累。

單字

흡연	名詞
heu.byo*n	吸菸

例 여기는 흡연실이 아니니까 담배를 피우지
마세요.

yo*.gi.neun/heu.byo*n.si.ri/a.ni.ni.ga/dam.be*.reul/
pi.u.ji/ma.se.yo

這裡不是吸菸室，請不要抽菸。

單字

과음	名詞
gwa.eum	過度飲酒、爆飲

例 어젯밤에 과음을 해서 속이 많이 안 좋다.

o*.jet.ba.me/gwa.eu.meul/he*.so*/so.gi/ma.ni/an.jo.
ta

昨天晚上喝太多，現在胃很不舒服。

單字

식욕	名詞
si.gyok	食欲

例 식욕이 없습니다.

si.gyo.gi/o*p.sseum.ni.da

沒有食欲。

單字

보약	**名詞**
bo.yak	補藥

例 요즘 보약을 먹어도 효과가 없습니다.

yo.jeum/bo.ya.geul/mo*.go*.do/hyo.gwa.ga/o*p.
sseum.ni.da

最近吃了補藥也沒有效。

單字

알레르기	**名詞**
al.le.reu.gi	過敏

例 꽃가루 알레르기가 있어요.

got.ga.ru/al.le.reu.gi.ga/i.sso*.yo

我對花粉過敏。

單字

담배를 피우다	**詞組**
dam.be*.reul/pi.u.da	抽菸

例 여기서 담배를 피우면 안 됩니다.

yo*.gi.so*/dam.be*.reul/pi.u.myo*n/an/dwem.ni.da

不可以在這裡抽菸。

單字

담배를 끊다	**詞組**
dam.be*.reul/geun.ta	戒菸

例 이번에는 꼭 담배를 끊겠습니다.

i.bo*.ne.neun/gok/dam.be*.reul/geun.ket.sseum.ni.
da

這次我一定要戒菸。

單字

병을 앓다	**詞組**
byo*ng.eul/al.ta	患病

例 큰 병을 앓은 적이 있습니까?

keun/byo*ng.eul/a.reun/jo*.gi/it.sseum.ni.ga

你有得過大病嗎？

主題單字

生病

불치의 질병은 없지만 불치의 환자가 있다.

沒有不治之症，只有不治之患者。

延伸單字

單字

병	名詞
byo*ng	病

例 대체 이게 무슨 병이야?

de*.che/i.ge/mu.seun/byo*ng.i.ya

這到底是什麼病？

單字

구토하다	**動詞**
gu.to.ha.da	嘔吐

例 어떤 여자가 술 먹고 길에서 구토했다.

o*.do*n/yo*.ja.ga/sul/mo*k.go/gi.re.so*/gu.to.he*t.
da

有個女人喝了酒在路邊吐。

單字

열이 나다	**詞組**
yo*.ri/na.da	發燒

例 동생이 열이 나서 엄마가 걱정하세요.

dong.se*ng.i/yo*.ri/na.so*/o*m.ma.ga/go*k.jjo*ng.
ha.se.yo

弟弟發燒，媽媽很擔心。

單字

머리가 아프다	**詞組**
mo*.ri.ga/a.peu.da	頭痛

例 머리가 자주 아픈 것은 습관성 두통이라
고 해요.

mo*.ri.ga/ja.ju/a.peun/go*.seun/seup.gwan.so*ng/
du.tong.i.ra.go/he*.yo

經常頭痛的症狀稱為習慣性頭痛。

健康是世上快樂與希望的泉源

單字

목이 아프다	詞組
mo.gi/a.peu.da	喉嚨痛

例 목이 아프고 콧물도 나요.

mo.gi/a.peu.go/kon.mul.do/na.yo

喉嚨很痛，也有流鼻水。

單字

설사가 나다	詞組
so*l.sa.ga/na.da	拉肚子

例 계속 설사가 나요.

gye.sok/so*l.sa.ga/na.yo

我一直拉肚子。

單字

배가 아프다	詞組
be*.ga/a.peu.da	肚子痛

例 배가 아파서 오늘은 쉬어야 겠다.

be*.ga/a.pa.so*/o.neu.reun/swi.o*.ya/get.da

肚子痛，今天該來休息了。

單字

감기에 걸리다	詞組
gam.gi.e/go*l.li.da	得到感冒

例 유행성 감기에 걸렸어요.

yu.he*ng.so*ng/gam.gi.e/go*l.lyo*.sso*.yo

我得到了流行性感冒。

單字

기침이 나다	**詞組**
gi.chi.mi/na.da	咳嗽

例 마른 기침이 자꾸 나요.
ma.reun/gi.chi.mi/ja.gu/na.yo
我老是乾咳。

單字

코가 막히다	**詞組**
ko.ga/ma.ki.da	鼻塞

例 코가 막혀서 잠을 못 자요.
ko.ga/ma.kyo*.so*/ja.meul/mot/ja.yo
因為鼻塞，睡不好覺。

單字

모기에 물리다	**詞組**
mo.gi.e/mul.li.da	被蚊子咬

例 어제 산에서 놀 때 모기에 많이 물렸어요.
o*.je/sa.ne.so*/nol/de*/mo.gi.e/ma.ni/mul.lyo*.
sso*.yo
昨天在山中玩耍時，被蚊子咬得很慘。

單字

발목이 삐다	**詞組**
bal.mo.gi/bi.da	腳踝扭傷

例 제가 넘어져서 발목이 삐었어요.

je.ga/no*.mo*.jo*.so*/bal.mo.gi/bi.o*.sso*.yo

我跌倒把腳踝扭傷了。

單字

물집	名詞
mul.jip	水泡

例 물집이 생겼어요.

mul.ji.bi/se*ng.gyo*.sso*.yo

長了水泡。

單字

약을 먹다	詞組
ya.geul/mo*k.da	吃藥

例 이 약은 어떻게 먹어야 돼요?

i/ya.geun/o*.do*.ke/mo*.go*.ya/dwe*.yo

這藥該怎麼吃呢？

單字

아프다	形容詞
a.peu.da	痛、生病、不舒服

例 언제쯤부터 아프기 시작했어요?

o*n.je.jjeum.bu.to*/a.peu.gi/si.ja.ke*.sso*.yo

從什麼時候開始不舒服的呢？

單字

낫다	動詞
nat.da	痊癒、康復

例 감기가 다 나았어요?

gam.gi.ga/da/na.a.sso*.yo

感冒都痊癒了嗎?

單字

나빠지다	動詞
na.ba.ji.da	變壞、變差

例 건강이 점점 더 나빠집니다.

go*n.gang.i/jo*m.jo*m/do*/na.ba.jim.ni.da

健康漸漸變差。

醫院

병원 가기 전에는 휴식, 쾌락, 절
제를 의사로 해라.

去醫院之前，先做好休息、愉快、節制吧。

延伸單字

單字

병원	**名詞**
byo*ng.won	醫院

例 이 근처에 병원이 있어요?

i/geun.cho*.e/byo*ng.wo.ni/i.sso*.yo

這附近有醫院嗎？

單字

내과	名詞
ne*.gwa	內科

例 우리 삼촌은 내과 의사선생님이십니다.

u.ri/sam.cho.neun/ne*.gwa/ui.sa.so*n.se*ng.ni.mi.
sim.ni.da

我叔叔是內科醫生。

單字

안과	名詞
an.gwa	眼科

例 안과에 가서 눈 검사를 하고 싶어요.

an.gwa.e/ga.so*/nun/go*m.sa.reul/ha.go/si.po*.yo

我想去眼科檢查眼睛。

單字

피부과	名詞
pi.bu.gwa	皮膚科

例 요즘 여드름이 많이 나서 피부과에 가기
로 했다.

yo.jeum/yo*.deu.reu.mi/ma.ni/na.so*/pi.bu.gwa.e/
ga.gi.ro/he*t.da

最近長很多青春痘，決定去看皮膚科。

單字

외과	名詞
we.gwa	外科

例 나는 피가 무서워서 외과의사가 할 수 없
다.

na.neun/pi.ga/mu.so*.wo.so*/we.gwa.ui.sa.ga/hal/
ssu/o*p.da

我怕血無法當外科醫生。

單字

치과	名詞
chi.gwa	牙科

例 충치가 생기면 참지 말고 치과에 가세요.

chung.chi.ga/se*ng.gi.myo*n/cham.ji/mal.go/chi.
gwa.e/ga.se.yo

如果有蛀牙不要忍耐去看牙醫吧。

單字

이비인후과	名詞
i.bi.in.hu.gwa	耳鼻咽喉科

例 이비인후과는 귀, 코, 목 등의 질병을 치
료합니다.

i.bi.in.hu.gwa.neun/gwi/ko/mok/deung.ui/jil.byo*
ng.eul/chi.ryo.ham.ni.da

耳鼻咽喉科是治療耳朵、鼻子、喉嚨等疾病。

單字

의사	名詞
ui.sa	醫生

例 한국에서 의사의 연봉은 매우 높습니다.
han.gu.ge.so*/ui.sa.ui/yo*n.bong.eun/me*.u/nop.
sseum.ni.da
韓國醫生的年薪很高。

單字

간호사	名詞
gan.ho.sa	護士

例 간호사는 환자를 간호하는 일을 합니다.
gan.ho.sa.neun/hwan.ja.reul/gan.ho.ha.neun/i.reul/
ham.ni.da
護士就是做看護病人的工作。

單字

환자	名詞
hwan.ja	病患

例 응급환자입니다. 양보해 주세요.
eung.geu.pwan.ja.im.ni.da//yang.bo.he*/ju.se.yo
是急診病人，請讓步。

單字

다치다	動詞
da.chi.da	受傷

例 운동을 하다가 척추를 다쳤다.
un.dong.eul/ha.da.ga/cho*k.chu.reul/da.cho*t.da
運動的時候傷到了脊椎。

Chapter 5

健康是世上快樂與希望的泉源

單字

치료하다	動詞
chi.ryo.ha.da	治療

例 우울증에 걸리면 꼭 치료하세요.

u.ul.jeung.e/go*l.li.myo*n/gok/chi.ryo.ha.se.yo

如果得了憂鬱症一定要治療。

單字

마취하다	動詞
ma.chwi.ha.da	麻醉

例 전신 마취는 부분 마취보다 위험하다고 들었다.

jo*n.sin/ma.chwi.neun/bu.bun/ma.chwi.bo.da/wi.ho*m.ha.da.go/deu.ro*t.da

聽說全身麻醉比局部麻醉還危險。

單字

수술을 받다	詞組
su.su.reul/bat.da	接受手術

例 다음 주 월요일에 수술을 받기로 결정했다.

da.eum/ju/wo.ryo.i.re/su.su.reul/bat.gi.ro/gyo*l.jo*ng.he*t.da

我決定下週一要動手術了。

單字

주사를 맞다	**詞組**
ju.sa.reul/mat.da	打針

例 주사를 다시 맞고 싶지 않아요.

ju.sa.reul/da.si/mat.go/sip.jji/a.na.yo

我不想再打針了。

單字

검사를 받다	**詞組**
go*m.sa.reul/bat.da	接受檢查

例 혈액 검사를 받아야 합니까?

hyo*.re*k/go*m.sa.reul/ba.da.ya/ham.ni.ga

我需要血液檢查嗎？

單字

링거	**名詞**
ring.go*	點滴

例 영양제 링거 한 대를 맞고 나서 많이 좋아졌다.

yo*ng.yang.je/ring.go*/han/de*.reul/mat.go/na.so*/ma.ni/jo.a.jo*t.da

打完一瓶營養點滴後好很多了。

單字

상처	**名詞**
sang.cho*	傷口

例 상처에 소금을 뿌리지 마.

sang.cho*.e/so.geu.meul/bu.ri.ji/ma

不要在傷口上灑鹽。

單字

마스크	名詞
ma.seu.keu	口罩

例 병원에 들어가면 마스크를 착용하는 게 좋아요.

byo*ng.wo.ne/deu.ro*.ga.myo*n/ma.seu.keu.reul/

cha.gyong.ha.neun/ge/jo.a.yo

進入醫院前，最好先戴口罩。

單字

구급차를 부르다	詞組
gu.geup.cha.reul bu.reu.da	叫救護車

例 구급차 좀 불러 주세요.

gu.geup.cha/jom/bul.lo*/ju.se.yo

請幫我叫救護車。

單字

입원하다	動詞
i.bwon.ha.da	住院

例 수술을 받으면 입원해야 합니까?

su.su.reul/ba.deu.myo*n/i.bwon.he*.ya/ham.ni.ga

動手術要住院嗎？

單字

퇴원하다	動詞
twe.won.ha.da	出院

例 거의 다 나았는데 언제 퇴원할 수 있어요?

go*.ui/da/na.an.neun.de/o*n.je/twe.won.hal/ssu/i.
sso*.yo

快痊癒了，什麼時候可以出院？

單字

약국	名詞
yak.guk	藥局

例 가장 가까운 약국은 어디에 있습니까?

ga.jang/ga.ga.un/yak.gu.geun/o*.di.e/it.sseum.ni.ga

最近的藥局在哪裡？

單字

연고	名詞
yo*n.go	藥膏

例 상처에 연고를 바르고 반창고를 붙여요.

sang.cho*.e/yo*n.go.reul/ba.reu.go/ban.chang.go.
reul/bu.tyo*.yo

在傷口上塗藥膏再貼上OK繃。

單字

구급상자	名詞
gu.geup.sang.ja	急救箱

例 여기 구급상자도 파나요?

yo*.gi/gu.geup.ssang.ja.do/pa.na.yo

這裡有賣急救箱嗎?

單字

처방전	**名詞**
cho*.bang.jo*n	處方簽

例 처방전을 주시겠습니까?

cho*.bang.jo*.neul/jju.si.get.sseum.ni.ga

可以給我處方簽嗎?

單字

약	**名詞**
yak	藥

例 약은 하루에 몇 번 먹어요?

ya.geun/ha.ru.e/myo*t/bo*n/mo*.go*.yo

藥一天吃幾次呢?

單字

알	**量詞**
al	(一)粒

例 한 번에 두 알씩 드십시오.

han/bo*.ne/du/al.ssik/deu.sip.ssi.o

一次吃兩粒。

主題單字

身體部位

건강한 신체에 건전한 정신이 깃
든다.

健全的心靈寓於健全的身體。

延伸單字

單字

몸	名詞
mom	身體

例 아침부터 계속 졸리고 몸에 힘도 없어요.

a.chim.bu.to*/gye.sok/jol.li.go/mo.me/him.do/o*p.

sso*.yo

從早上就一直想睡覺，身體也沒力氣。

單字

온몸	名詞
on.mom	全身

例 온몸이 쑤시고 아파요. 열도 있어요.
on.mo.mi/ssu.si.go/a.pa.yo*/yo*l.do/i.sso*.yo
全身痠痛，也有發燒。

單字

얼굴	名詞
o*l.gul	臉

例 어제 밤에 라면을 먹어서 얼굴이 부었다.
o*.je/ba.me/ra.myo*.neul/mo*.go*.so*/o*l.gu.ri/bu.
o*t.da
昨天晚上吃了泡麵，臉有些浮腫。

單字

머리	名詞
mo*.ri	頭、頭髮

例 지금 머리가 너무 어지러워요.
ji.geum/mo*.ri.ga/no*.mu/o*.ji.ro*.wo.yo
現在頭很暈。

單字

눈	名詞
nun	眼睛

例 동생의 눈이 크고 예뻐요.
dong.se*ng.ui/nu.ni/keu.go/ye.bo*.yo
妹妹的眼睛又大又漂亮。

單字

귀	**名詞**
gwi	耳

例 내 말 안 들려? 너 귀 먹었니?
ne*/mal/an/deul.lyo*//no*/gwi/mo*.go*n.ni
你沒聽到我講的話嗎？你重聽啊？

單字

입	**名詞**
ip	口、嘴巴

例 입을 크게 벌리세요.
i.beul/keu.ge/bo*l.li.se.yo
請張大嘴巴。

單字

코	**名詞**
ko	鼻子

例 저는 코가 너무 낮아요.
jo*.neun/ko.ga/no*.mu/na.ja.yo
我的鼻子太扁了。

單字

이	**名詞**
i	牙齒

例 지금 이가 아파 죽겠어요.
ji.geum/i.ga/a.pa/juk.ge.sso*.yo
現在牙齒很痛。

單字

목	名詞
mok	脖子、嗓子、喉嚨

例 소리를 많이 질러서 목이 쉬었어요.
so.ri.reul/ma.ni/jil.lo*.so*/mo.gi/swi.o*.sso*.yo
一直大聲叫喊，嗓子都啞了。

單字

손	名詞
son	手

例 찬성하시는 분, 손 들어 보세요.
chan.so*ng.ha.si.neun/bun//son/deu.ro*/bo.se.yo
贊成的人請舉手。

單字

팔	名詞
pal	胳膊、手臂

例 팔이 너무 아파서 잠을 못 자요.
pa.ri/no*.mu/a.pa.so*/ja.meul/mot/ja.yo
手臂太酸了，睡不著。

單字

손가락	名詞
son.ga.rak	手指

例 농구를 하다가 손가락을 다쳤어요.
nong.gu.reul/ha.da.ga/son.ga.ra.geul/da.cho*.sso*.
yo
打籃球手指受傷了。

單字

발	名詞
bal	腳

例 너무 많이 걸어서 발이 아프네요.
no*.mu.ma.ni/go*.ro*.so*/ba.ri.a.peu.ne.yo
走太多路，腳好痛喔！

單字

다리	名詞
da.ri	腿

例 이건 다리가 길어보이는 청바지예요.
i.go*n/da.ri.ga/gi.ro*.bo.i.neun/cho*ng.ba.ji.ye.yo
這是可以使腿看起來修長的牛仔褲。

單字

발가락	名詞
bal.ga.rak	腳趾

例 땀이 많은 경우, 발가락 양말을 신는 것이
좋다.
da.mi/ma.neun/gyo*ng.u//bal.ga.rak/yang.ma.reul/
ssin.neun/go*.si/jo.ta
如果會流很多汗，最好穿上腳趾襪。

單字

어깨	名詞
o*.ge*	肩膀

例 어깨가 넓은 남자가 좋습니다.

o*.ge*.ga/no*p.eun/nam.ja.ga/jo.sseum.ni.da

我喜歡肩膀寬的男生。

單字

허리	名詞
ho*.ri	腰

例 그녀는 허리도 날씬하고 다리도 길어요.

geu.nyo*.neun/ho*.ri.do/nal.ssin.ha.go/da.ri.do/gi.ro*.yo

她腰細腿又長。

單字

가슴	名詞
ga.seum	胸、心裡

例 브라를 사기 전에 가슴둘레를 재어야 해요.

beu.ra.reul/ssa.gi/jo*.ne/ga.seum.dul.le.reul/jje*.o*.ya/he*.yo

買胸罩之前，要先量胸圍。

單字

배	名詞
be*	肚子

例 저녁에 너무 많이 먹어서 배가 아파요.
jo*.nyo*.ge/no*.mu/ma.ni/mo*.go*.so*/be*.ga/a.
pa.yo
晚上吃太多，肚子很痛。

單字

엉덩이	名詞
o*ng.do*ng.i	屁股

例 오래 앉아 있으면 허리와 엉덩이에 살이
쪄요.
o.re*/an.ja/i.sseu.myo*n/ho*.ri.wa/o*ng.do*ng.i.e/
sa.ri/jjo*.yo
如果坐太久，腰和屁股會長肉。

單字

관절	名詞
gwan.jo*l	關節

例 관절이 때때로 아파요.
gwan.jo*.ri/de*.de*.ro/a.pa.yo
關節有時候會痛。

主題單字

運動與減重

운동은 하루를 짧게 하지만 인생을 길게 해준다.

花少量的時間運動，能得到更長的人生。

延伸單字

單字

운동을 하다	詞組
un.dong.eul/ha.da	運動

例 규칙적인 운동을 하면 건강해 집니다.

gyu.chik.jjo*.gin/un.dong.eul/ha.myo*n/go*n.gang.he*/jim.ni.da

規律的運動可以變得更健康。

單字

땀이 나다	詞組
da.mi/na.da	出汗

例 저는 땀이 많이 나는 체질입니다.

jo*.neun/da.mi/ma.ni/na.neun/che.ji.rim.ni.da

我是很會流汗的體質。

單字

다이어트를 하다	詞組
da.i.o*.teu.reul/ha.da	減肥

例 내일부터 다이어트를 하기로 했어요.

ne*.il.bu.to*/da.i.o*.teu.reul/ha.gi.ro/he*.sso*.yo

我決定從明天開始減肥。

單字

칼로리	名詞
kal.lo.ri	卡路里、熱量

例 칼로리가 높은 음식을 먹으면 살이 찝니다.

kal.lo.ri.ga/no.peun/eum.si.geul/mo*.geu.myo*n/sa.ri/jjim.ni.da

卡路里高的食物吃了會變胖。

單字

수영을 하다	詞組
su.yo*ng.eul/ha.da	游泳

例 저는 수영 못해요.

jo*.neun/su.yo*ng/mo.te*.yo

我不會游泳。

單字

등산을 하다	詞組
deung.sa.neul/ha.da	爬山

例 주말에 보통 등산 하거나 농구를 합니다.
ju.ma.re/bo.tong/deung.san/ha.go*.na/nong.gu.reul/
ham.ni.da
週末我一般會爬山或是打籃球。

單字

조깅을 하다	詞組
jo.ging.eul/ha.da	慢跑

例 아침에 부모님과 함께 조깅이나 산책을 합
니다.
a.chi.me/bu.mo.nim/gwa/ham.ge/jo.ging.i.na/san.
che*.geul/ham.ni.da
早上和父母親一起慢跑或散步。

單字

공을 차다	詞組
gong.eul/cha.da	踢球

例 공을 여기로 차 보세요.
gong.eul/yo*.gi.ro/cha.bo.se.yo
請把球踢到這裡。

單字

축구를 하다	詞組
chuk.gu.reul/ha.da	踢足球

例 축구를 잘하려면 연습은 중요합니다.

chuk.gu.reul/jjal.ha.ryo*.myo*n/yo*n.seu.beun/

jung.yo.ham.ni.da

想踢好足球，練習很重要。

單字

농구를 하다	詞組
nong.gu.reul/ha.da	打籃球

例 수업 끝나면 농구 하러 가자.

su.o*p/geun.na.myo*n/nong.gu/ha.ro*/ga.ja

下課後，一起去打籃球吧。

單字

배구를 하다	詞組
be*.gu.reul/ha.da	打排球

例 나는 배구를 못 해요.

na.neun/be*.gu.reul/mot/he*.yo

我不會打排球。

單字

야구를 하다	詞組
ya.gu.reul/ha.da	打棒球

例 야구를 하고 싶어서 야구부에 들어갔어요.

ya.gu.reul/ha.go/si.po*.so*/ya.gu.bu.e/deu.ro*.ga.

sso*.yo

因為想打棒球，所以加入了棒球社。

單字

당구를 치다	詞組
dang.gu.reul/chi.da	打撞球

例 오늘 다섯 시간동안 당구를 했어요.

o.neul/da.so*t/si.gan.dong.an/dang.gu.reul/he*.sso*.yo

今天我打了五個小時的撞球。

單字

배드민턴을 치다	詞組
be*.deu.min.to*.neul/chi.da	打羽毛球

例 동생과 함께 운동장에서 배드민턴을 칩니다.

dong.se*ng.gwa/ham.ge/un.dong.jang.e.so*/be*.deu.min.to*.neul/chim.ni.da

和弟弟一起在運動場打羽毛球。

單字

볼링을 치다	詞組
bol.ling.eul/chi.da	打保齡球

例 볼링을 치려고 볼링장에 들어갔어요.

bol.ling.eul/chi.ryo*.go/bol.ling.jang.e/deu.ro*.ga.sso*.yo

為了打保齡球，進去保齡球館了。

單字

탁구를 치다	**詞組**
tak.gu.reul/chi.da	打乒乓球

例 탁구 같이 치실 분 찾습니다.

tak.gu/ga.chi/chi.sil/bun/chat.sseum.ni.da

我在找能一起打乒乓球的人。

單字

골프를 치다	**詞組**
gol.peu.reul/chi.da	打高爾夫

例 나는 주말마다 골프 치러 골프장에 가요.

na.neun/ju.mal.ma.da/gol.peu/chi.ro*/gol.peu.jang.

e/ga.yo

我每個週末都去高爾夫場打高爾夫。

單字

테니스를 치다	**詞組**
te.ni.seu.reul/chi.da	打網球

例 아내가 매일 테니스를 칩니다.

a.ne*.ga/me*.il/te.ni.seu.reul/chim.ni.da

妻子每天打網球。

單字

춤을 추다	**詞組**
chu.meul/chu.da	跳舞

例 저랑 함께 춤을 추시겠습니까?

jo*.rang/ham.ge/chu.meul/chu.si.get.sseum.ni.ga

您願意和我一起跳舞嗎？

單字

헬스클럽	名詞
hel.seu.keul.lo*p	健身房

例 나는 일주일에 두 번 헬스클럽에 가요.

na.neun/il.ju.i.re/du/bo*n/hel.seu.keul.lo*.be/ga.yo

我一週去兩次健身房。

單字

요가	名詞
yo.ga	瑜珈

例 침대에서 할 수 있는 요가 운동을 좀 가르쳐 주세요.

chim.de*.e.so*/hal/ssu/in.neun/yo.ga/un.dong.eul/jjom/ga.reu.cho*/ju.se.yo

請教教我可以在床上做的瑜珈運動。

Chapter 6

인간은 가장 훌륭한 컴퓨터이다.

人類是最優秀的電腦。

主題單字

人

인간은 신의 걸작품이다.

人類是神的傑作。

延伸單字

單字

사람	名詞
sa.ram	人

例 그 사람은 내 전 남자친구예요.

geu/sa.ra.meun/ne*/jo*n/nam.ja.chin.gu.ye.yo

那個人是我的前男友。

• track 208

單字

인간	名詞
in.gan	人類

例 욕심은 인간의 본능이다.

yok.ssi.meun/in.ga.nui/bon.neung.i.da

慾望是人類的本能。

單字

남자	名詞
nam.ja	男人、男生

例 남자는 평균적으로 여자보다 수명이 짧아
요.

nam.ja.neun/pyo*ng.gyun.jo*.geu.ro/yo*.ja.bo.da/
su.myo*ng.i/jjal.ba.yo

平均來說男生比女生的壽命短。

單字

여자	名詞
yo*.ja	女人、女生

例 나 예쁘고 섹시한 여자가 좋다.

na/ye.beu.go/sek.ssi.han/yo*.ja.ga/jo.ta

我喜歡漂亮又性感的女生。

單字

연인	名詞
yo*.nin	戀人

例 여기 야경이 좋아서 연인들이 많이 오는 곳이에요.

yo*.gi/ya.gyo*ng.i/jo.a.so*/yo*.nin.deu.ri/ma.ni/o.neun/go.si.e.yo

這裡夜景很棒，是很多戀人會來的地方。

單字

애인	名詞
e*.in	愛人

例 나도 애인이 있으면 좋겠네요.

na.do/e*.i.ni/i.sseu.myo*n/jo.ken.ne.yo

如果我也有男朋友（女朋友）就好了。

單字

커플	名詞
ko*.peul	情侶

例 오늘 남자친구랑 백화점에서 커플 반지를 샀다.

o.neul/nam.ja.chin.gu.rang/be*.kwa.jo*.me.so*/ko*.peul/ban.ji.reul/ssat.da

今天跟男朋友在百貨公司買了情侶戒指。

單字

아가씨	名詞
a.ga.ssi	小姐

例 아가씨, 길 좀 물어도 될까요?

a.ga.ssi//gil/jom/mu.ro*.do/dwel.ga.yo

小姐，可以問路嗎？

單字

아저씨	名詞
a.jo*.ssi	大叔

例 아저씨, 싸게 해 주세요.
a.jo*.ssi//ssa.ge/he*/ju.se.yo
大叔，請算我便宜一點。

單字

아주머니	名詞
a.ju.mo*.ni	阿姨

例 아주머니, 반찬 더 주세요.
a.ju.mo*.ni//ban.chan/do*/ju.se.yo
阿姨，再給我一點小菜。

單字

노인	名詞
no.in	老人

例 한 노인이 길에 혼자서 앉아 있었다.
han/no.i.ni/gi.re/hon.ja.so*/an.ja/i.sso*t.da
一個老人獨自坐在路上。

單字

아이	名詞
a.i	小孩

例 아이에게 장난감을 사 주고 싶습니다.
a.i.e.ge/jang.nan.ga.meul/ssa/ju.go/sip.sseum.ni.da
想買玩具給孩子。

單字

쌍둥이	名詞
ssang.dung.i	雙胞胎

例 우리 마누라가 아들 쌍둥이를 낳았다.

u.ri/ma.nu.ra.ga/a.deul/ssang.dung.i.reul/na.at.da

我老婆生了一對男雙胞胎。

單字

어린이	名詞
o*.ri.ni	小孩子

例 이것은 어린이들이 좋아하는 캐릭터예요.

i.go*.seun/o*.ri.ni.deu.ri/jo.a.ha.neun/ke*.rik.to*.
ye.yo

這個是小孩子喜歡的卡通人物。

單字

젊은이	名詞
jo*l.meu.ni	年輕人

例 이 곳은 젊은이들이 가장 즐겨 찾는 곳이
다.

i/go.seun/jo*l.meu.ni.deu.ri/ga.jang/jeul.gyo*/chan.
neun/go.si.da

這裡是年輕人最愛來的地方。

單字

손님	名詞
son.nim	客人

例 손님, 이건 마음에 드십니까?

son.nim//i.go*n/ma.eu.me/deu.sim.ni.ga

客人，這個您喜歡嗎？

單字

문명	名詞
mun.myo*ng	文明

例 청동기 시대는 인류의 초기 문명이 출현
   한 시기이다.

cho*ng.dong.gi/si.de*.neun/il.lyu.ui/cho.gi/mun.

myo*ng.i/chul.hyo*n.han/si.gi.i.da

青銅器時代是出現人類初期文明的時期。

單字

문화	名詞
mun.hwa	文化

例 모든 나라마다 고유의 특성과 문화가 있다.

mo.deun/na.ra.ma.da/go.yu.ui/teuk.sso*ng.gwa/

mun.hwa.ga/it.da

每個國家都有自己特有的特性與文化。

主題單字

朋友

사람, 행복의 90%가 인간관계에
달려 있다.

人，幸福的90%取決於人際關係。

延伸單字

單字	名詞
친구	
chin.gu	朋友

例 친구야, 술 마시러 가자.

chin.gu.ya//sul/ma.si.ro*/ga.ja

朋友啊，我們去喝杯酒吧！

單字

남자친구	名詞
nam.ja.chin.gu	男朋友

例 내 생일에 남자친구가 장미꽃을 선물로 줬 어요.

ne*/se*ng.i.re/nam.ja.chin.gu.ga/jang.mi.go.cheul/ sso*n.mul.lo/jwo.sso*.yo

我生日時，男朋友送我玫瑰花當禮物。

單字

여자친구	名詞
yo*.ja.chin.gu	女朋友

例 저는 여자친구가 생겼어요.

jo*.neun/yo*.ja.chin.gu.ga/se*ng.gyo*.sso*.yo

我有女朋友了。

單字

벗	名詞
bo*t	朋友、友人

例 너는 나에게 가장 소중한 벗이야.

no*.neun/na.e.ge/ga.jang/so.jung.han/bo*.si.ya

你是我最珍惜的朋友。

單字

선배	名詞
so*n.be*	前輩、學長姊

例 퇴근 후에 선배들이랑 같이 술 먹었어요.

twe.geun/hu.e/so*n.be*.deu.ri.rang/ga.chi/sul/mo*.
go*.sso*.yo

下班後跟前輩們一起喝了酒。

單字

후배	名詞
hu.be*	後輩、學弟妹

例 이쪽은 내 군대 후배예요.

i.jjo.geun/ne*/gun.de*/hu.be*.ye.yo

這位是我當兵時的後輩。

單字

동창	名詞
dong.chang	同學

例 바빠서 내일 동창 모임에 갈 수 없어요.

ba.ba.so*/ne*.il/dong.chang/mo.i.me/gal/ssu/o*p.
sso*.yo

太忙了，無法參加明天的同學會。

單字

동료	名詞
dong.nyo	同事

例 직장 동료들이랑 불고기집에서 회식을 했
다.

jik.jjang/dong.nyo.deu.ri.rang/bul.go.gi.ji.be.so*/
hwe.si.geul/he*t.da

跟職場的同事們一起在烤肉店聚餐了。

單字

룸메이트	名詞
rum.me.i.teu	室友

例 월세가 너무 비싸서 룸메이트를 찾고 싶습니다.

wol.se.ga/no*.mu/bi.ssa.so*/rum.me.i.teu.reul/chat.go/sip.sseum.ni.da

因為房租太貴，我想找室友。

單字

아는 사이	名詞
a.neun/sa.i	認識的關係

例 둘이 아는 사이구나. 세상 진짜 좁다.

du.ri/a.neun/sa.i.gu.na//se.sang/jin.jja/jop.da

原來你們認識啊！世界真小。

單字

우정	名詞
u.jo*ng	友情

例 우리의 우정이 영원히 변하지 않기를 바랍니다.

u.ri.ui/u.jo*ng.i/yo*ng.won.hi/byo*n.ha.ji/an.ki.reul/ba.ram.ni.da

希望我們的友情不變。

單字

알다	動詞
al.da	認識、知道

例 이 책의 원작자는 내가 아는 사람이에요.
i/che*.gui/won.jak.jja.neun/ne*.ga/a.neun/sa.ra.mi.
e.yo
這本書的原作者我認識。

單字

모르다	動詞
mo.reu.da	不認識、不知道

例 사람을 잘못 보셨습니다. 전 당신을 모릅
니다.
sa.ra.meul/jjal.mot/bo.syo*t.sseum.ni.da//jo*n/dang.
si.neul/mo.reum.ni.da
您認錯人了，我不認識您。

單字

사귀다	動詞
sa.gwi.da	交往、結交

例 한국에서 많은 친구를 사귀고 싶어요.
han.gu.ge.so*/ma.neun/chin.gu.reul/ssa.gwi.go/si.
po*.yo
我想在韓國結交很多朋友。

單字

싸우다	動詞
ssa.u.da	吵架、打架

例 친구랑 싸우지 말고 사이 좋게 지내요.

chin.gu.rang/ssa.u.ji/mal.go/sa.i/jo.ke/ji.ne*.yo

不要跟朋友吵架，要好好相處。

單字

화해하다	動詞
hwa.he*.ha.da	和好、和解

例 오해를 풀고 화해하려고 친구한테 전화했다.

o.he*.reul/pul.go/hwa.he*.ha.ryo*.go/chin.gu.han.te/jo*n.hwa.he*t.da

我想解開誤會和好，所以打了電話給朋友。

單字

헤어지다	動詞
he.o*.ji.da	分手、分離

例 우리는 서로 맞지 않는 것 같아. 헤어지자.

u.ri.neun/so*.ro/mat.jji/an.neun/go*t/ga.ta//he.o*.ji.ja

我們好像彼此不合，分手吧！

單字

사과하다	動詞
sa.gwa.ha.da	道歉

例 내가 잘못했어요. 정식으로 사과할게요.
ne*.ga/jal.mo.te*.sso*.yo//jo*ng.si.geu.ro/sa.gwa.
hal.ge.yo
我錯了，我正式跟你道歉。

單字

용서하다	動詞
yong.so*.ha.da	寬恕、原諒

例 죄송합니다. 용서해 주세요.
jwe.song.ham.ni.da//yong.so*.he*/ju.se.yo
對不起，請原諒我。

主題單字

情緒

웃어라. 온 세상이 너와 함께 웃을 것이다.

笑吧！那麼全世界陪你一起笑。

延伸單字

單字

감정	名詞
gam.jo*ng	感情

例 사람들 앞에서 감정을 드러내지 마.

sa.ram.deul/a.pe.so*/gam.jo*ng.eul/deu.ro*.ne*.ji/ma

不要在人們的面前流露出感情。

單字

기분이 좋다	詞組
gi.bu.ni/jo.ta	心情好

例 기분이 좋아 보이시네요.

gi.bu.ni/jo.a/bo.i.si.ne.yo

您看起來心情很好呢！

單字

기분이 나쁘다	詞組
gi.bu.ni/na.beu.da	心情差

例 기분이 나쁠 때 나한테 전화해요.

gi.bu.ni/na.beul/de*/na.han.te/jo*n.hwa.he*.yo

心情不好的時候就打電話給我吧。

單字

기쁘다	形容詞
gi.beu.da	高興、開心

例 오늘 많은 친구들을 만나서 정말 기뻤어요!

o.neul/ma.neun/chin.gu.deu.reul/man.na.so*/jo*ng.mal/gi.bo*.sso*.yo

今天見到了很多朋友，真的很開心。

單字

슬프다	形容詞
seul.peu.da	傷心、難過

例 슬픈 노래를 들으면 눈물이 나요.

seul.peun/no.re*.reul/deu.reu.myo*n/nun.mu.ri/na.
yo

我聽到悲歌就會流淚。

單字

웃다	動詞
ut.da	笑

例 자주 웃어요. 이렇게 웃니까 얼마나 예뻐요.

ja.ju/u.so*.yo//i.ro*.ke/un.ni.ga/o*l.ma.na/ye.bo*.
yo

要常常笑，你這樣笑起來很美呢！

單字

울다	動詞
ul.da	哭

例 여자 아이가 방 이불 속에서 울고 있어요.

yo*.ja/a.i.ga/bang/i.bul/so.ge.so*/ul.go/i.sso*.yo

小女孩正躲在房間的被子裡哭泣。

單字

화가 나다	詞組
hwa.ga.na.da	生氣

例 나 지금 너무 화가 나요.

na/ji.geum/no*.mu/hwa.ga/na.yo

我現在很生氣。

單字

두렵다	形容詞
du.ryo*p.da	害怕

例 저는 사람과 대화하는 것이 두렵습니다.
jo*.neun/sa.ram.gwa/de*.hwa.ha.neun/go*.si/du.
ryo*p.sseum.ni.da
我害怕跟別人說話。

單字

원망하다	動詞
won.mang.ha.da	埋怨

例 우리 서로 원망하지 말자.
u.ri/so*.ro/won.mang.ha.ji/mal.jja
我們彼此不要埋怨對方吧。

單字

좋아하다	動詞
jo.a.ha.da	喜歡

例 저는 고양이를 좋아합니다.
jo*.neun/go.yang.i.reul/jjo.a.ham.ni.da
我喜歡貓咪。

單字

싫어하다	動詞
si.ro*.ha.da	討厭

例 나는 벌레를 싫어해요.

na.neun/bo*l.le.reul/ssi.ro*.he*.yo

我討厭蟲子。

單字

기대되다	動詞
gi.de*.dwe.da	期待

例 오늘의 공연이 너무 기대되네요!

o.neu.rui/gong.yo*.ni/no*.mu/gi.de*.dwe.ne.yo

很期待今天的表演呢！

單字

사랑하다	動詞
sa.rang.ha.da	愛

例 사랑해. 우리는 결혼하자.

sa.rang.he*.//u.ri.neun/gyo*l.hon.ha.ja

我愛你，我們結婚吧。

單字

행복하다	形容詞
he*ng.bo.ka.da	幸福

例 행복하고 화목한 가정을 원합니다.

he*ng.bo.ka.go/hwa.mo.kan/ga.jo*ng.eul/won.ham.
ni.da

我想要一個幸福又和睦的家庭。

單字

감동을 받다	詞組
gam.dong.eul/bat.da	感動

例 그 동영상을 봤는데 감동을 많이 받았어요.

geu/dong.yo*ng.sang.eul/bwan.neun.de/gam.dong.

eul/ma.ni/ba.da.sso*.yo

看了那部影片深受感動。

單字

걱정하다	動詞
go*k.jjo*ng.ha.da	擔心

例 아무리 걱정해도 소용없어요.

a.mu.ri/go*k.jjo*ng.he*.do/so.yong.o*p.sso*.yo

不管再怎麼擔心都沒有用。

單字

짜증이 나다	詞組
jja.jeung.i/na.da	心煩、煩躁

例 짜증이 날 때 만화를 보세요.

jja.jeung.i/nal/de*/man.hwa.reul/bo.se.yo

煩躁的時候就看看漫畫吧。

單字

부럽다	形容詞
bu.ro*p.da	羨慕

例 예쁜 여자들을 보면 너무 부러워요.

ye.beun/yo*.ja.deu.reul/bo.myo*n/no*.mu/bu.ro*.
wo.yo

看到漂亮的女生就很羨慕。

單字

그립다	形容詞
geu.rip.da	想念

例 고향에 계신 부모님이 그립다.

go.hyang.e/gye.sin/bu.mo.ni.mi/geu.rip.da

我想念故鄉的父母。

單字

밉다	形容詞
mip.da	討厭、厭惡

例 직장 상사가 죽이고 싶을정도로 미워요.

jik.jjang/sang.sa.ga/ju.gi.go/si.peul.jjo*ng.do.ro/mi.
wo.yo

我厭惡職場上司到了極點。

單字

긴장하다	動詞
gin.jang.ha.da	緊張

例 많은 사람들 앞에서 말할 때 긴장한다.

ma.neun/sa.ram.deul/a.pe.so*/mal.hal/de*/gin.jang.
han.da

在很多人的前面說話會緊張。

單字

질투하다	**動詞**
jil.tu.ha.da	嫉妒

例 오빠가 다른 여자를 만나도 나 질투 안 해요.

o.ba.ga/da.reun/yo*.ja.reul/man.na.do/na/jil.tu/an/he*.yo

就算哥哥你去見其他女人我也不會忌妒。

單字

고민하다	**動詞**
go.min.ha.da	煩惱、煩心

例 결혼을 해야 할지 말지 고민하고 있다.

gyo*l.ho.neul/he*.ya/hal.jji/mal.jji/go.min.ha.go/it.da

我在煩惱要不要結婚。

單字

심심하다	**形容詞**
sim.sim.ha.da	無聊、閒閒沒事

例 심심한데 장기나 한 판 둘까?

sim.sim.han.de/jang.gi.na/han.pan/dul.ga

反正也沒事，我們來下一盤象棋好嗎？

單字

불쾌하다	**形容詞**
bul.kwe*.ha.da	不愉快

例 갑자기 기분이 불쾌해졌네요.

gap.jja.gi/gi.bu.ni/bul.kwe*.he*.jo*n.ne.yo

突然心情變得很不愉快。

單字

쓸쓸하다	形容詞
sseul.sseul.ha.da	寂寞、冷清

例 혼자 있으면 너무 쓸쓸하고 외로워요.

hon.ja/i.sseu.myo*n/no*.mu/sseul.sseul.ha.go/we.ro.wo.yo

一個人的時候，會感到寂寞又孤單。

單字

화를 풀다	詞組
hwa.reul/pul.da	消氣

例 정말 미안합니다. 화 좀 푸세요.

jo*ng.mal/mi.an.ham.ni.da//hwa/jom/pu.se.yo

真的對不起，不要生氣了。

單字

우울하다	形容詞
u.ul.ha.da	憂鬱

例 나 우울해.

na/u.ul.he*

我很憂鬱。

單字

속상하다	形容詞
sok.ssang.ha.da	生氣、傷心

例 속상해 하지 마.

sok.ssang.he*/ha.ji/ma

不要難過了。

單字

눈물이 나다	詞組
nun.mu.ri/na.da	流淚

例 마음이 아파서 눈물이 나요.

ma.eu.mi/a.pa.so*/nun.mu.ri/na.yo

心痛流淚。

單字

신나다	動詞
sin.na.da	開心、興奮

例 와, 신난다.

wa//sin.nan.da

哇，好開心啊！

單字

만세	名詞
man.se	萬歲

例 만세! 내일 학교에 안 가도 돼.

man.se//ne*.il/hak.gyo.e/an/ga.do/dwe*

萬歲！明天可以不用去學校。

單字

야호	感嘆詞
ya.ho	歡呼的聲音

例 야호! 내가 이겼어.

ya.ho//ne*.ga/i.gyo*.sso*

耶！我贏了。

單字

속상하다	形容詞
sok.ssang.ha.da	傷心、難過

例 너무 속상해 하지 마세요.

no*.mu/sok.ssang.he*/ha.ji/ma.se.yo

不要太難過了。

單字

당황하다	形容詞
dang.hwang.ha.da	慌張、驚慌

例 많이 당황하셨죠?

ma.ni/dang.hwang.ha.syo*t.jjyo

您一定很驚慌吧？

主題單字

外型

사람을 외모로 취하지 말라.

不要以貌取人。

延伸單字

單字

외모	**名詞**
we.mo	外貌

例 외모에 대해 콤플렉스를 가지고 있다.

we.mo.e/de*.he*/kom.peul.lek.sseu.reul/ga.ji.go/it.
da

對外型感到自卑。

單字

둥글다	形容詞
dung.geul.da	圓圓的

例 나는 얼굴이 좀 둥근 편이에요.

na.neun/o*l.gu.ri/jom/dung.geun/pyo*.ni.e.yo

我的臉算有點圓。

單字

체격	名詞
che.gyo*k	體格

例 당신 체격이 좋네요.

dang.sin/che.gyo*.gi/jon.ne.yo

你的體格不錯耶!

單字

피부	名詞
pi.bu	皮膚

例 피부가 까매요.

pi.bu.ga/ga.me*.yo

皮膚黑。

單字

닮다	動詞
dam.da	相像／似

例 저는 어머니를 닮았어요.

jo*.neun/o*.mo*.ni.reul/dal.ma.sso*.yo

我像媽媽。

單字

생기다	動詞
se*ng.gi.da	長得、生得

例 그 남자는 어떻게 생겼어요?

geu/nam.ja.neun/o*.do*.ke/se*ng.gyo*.sso*.yo

那個男生長得怎麼樣？

單字

잘 생기다	詞組
jal/sse*ng.gi.da	長得帥

例 그는 잘 생겼습니다.

geu.neun/jal/sse*ng.gyo*t.sseum.ni.da

他很帥。

單字

못생기다	形容詞
mot.sse*ng.gi.da	醜、不好看

例 내가 못생긴 것 같아서 성형수술을 받고
싶어요.

ne*.ga/mot.sse*ng.gin/go*t/ga.ta.so*/so*ng.hyo*
ng.su.su.reul/bat.go/si.po*.yo

我似乎長得不好看想整型。

單字

키가 크다	詞組
ki.ga/keu.da	個子高

例 저 남자는 키가 크고 마른 편이에요.
jo*/nam.ja.neun/ki.ga/keu.go/ma.reun/pyo*.ni.e.yo
那個男生算是又高又瘦的類型。

單字

키가 작다	**詞組**
ki.ga/jak.da	個子矮

例 저는 남동생보다 키가 작습니다.
jo*.neun/nam.dong.se*ng.bo.da/ki.ga/jak.sseum.ni.da
我比弟弟還矮。

單字

허리가 가늘다	**詞組**
ho*.ri.ga/ga.neul.da	腰細

例 가늘어진 허리를 보고 기분 참 좋아요.
ga.neu.ro*.jin/ho*.ri.reul/bo.go/gi.bun/cham/jo.a.yo
看到變細的腰，心情真好。

單字

허리가 두껍다	**詞組**
ho*.ri.ga/du.go*p.da	腰粗

例 요즘 운동을 안 해서 허리가 두꺼워졌어요.
yo.jeum/un.dong.eul/an/he*.so*/ho*.ri.ga/du.go*.wo.jo*.sso*.yo
最近沒在運動，腰變粗了。

單字

뚱뚱하다	形容詞
dung.dung.ha.da	肥胖

例 너무 뚱뚱해서 움직임이 불편해요.

no*.mu/dung.dung.he*.so*/um.ji.gi.mi/bul.pyo*n.
he*.yo

太胖了所以行動不便。

單字

매력적	名詞
me*.ryo*k.jjo*k	有魅力的

例 그녀는 아주 매력적입니다.

geu.nyo*.neun/a.ju/me*.ryo*k.jjo*.gim.ni.da

她很有魅力。

單字

섹시하다	形容詞
sek.ssi.ha.da	性感

例 그녀는 섹시합니다.

geu.nyo*.neun/sek.ssi.ham.ni.da

她很性感。

單字

마르다	形容詞
ma.reu.da	乾、瘦

例 그 사람은 너무 말랐어요.

geu/sa.ra.meun/no*.mu/mal.la.sso*.yo

他太瘦了。

單字

귀엽다	形容詞
gwi.yo*p.da	可愛

例 귀여운 강아지를 키우고 싶습니다.

gwi.yo*.un/gang.a.ji.reul/ki.u.go/sip.sseum.ni.da

我想養可愛的小狗。

單字

늠름하다	形容詞
neum.neum.ha.da	威風、儀表堂堂

例 늠름하고 씩씩한 군인들이 다가 오고 있다.

neum.neum.ha.go/ssik.ssi.kan/gu.nin.deu.ri/da.ga/o.

go/it.da

威風又充滿朝氣的軍人們正走過來。

單字

토실토실하다	形容詞
to.sil.to.sil.ha.da	豐腴、豐潤

例 아기가 토실토실해서 귀엽네요.

a.gi.ga/to.sil.to.sil.he*.so*/gwi.yo*m.ne.yo

小孩胖嘟嘟的好可愛。

單字

헤어스타일	名詞
he.o*.seu.ta.il	髮型

例 헤어스타일을 바꿀까 생각 중이에요.
he.o*.seu.ta.i.reul/ba.gul.ga/se*ng.gak/jung.i.e.yo
我在考慮要不要換髮型。

單字

성형 수술	詞組
so*ng.hyo*ng/su.sul	整型手術

例 난 성형 수술을 받았는데 만족스럽지 않
아요.
nan/so*ng.hyo*ng/su.su.reul/ba.dan.neun.de/man.
jok.sseu.ro*p.jji/a.na.yo
我動了整型手術，但是不滿意。

單字

튼튼하다	形容詞
teun.teun.ha.da	結實、堅固

例 몸이 튼튼해요.
mo.mi/teun.teun.he*.yo
身體結實。

單字

꽃미남	名詞
gon.mi.nam	花美男

例 오빠는 영원한 꽃미남이에요.

o.ba.neun/yo*ng.won.han/gon.mi.na.mi.e.yo

哥哥是永遠的花美男。

單字

뚱보	名詞
dung.bo	胖子

例 내 아기가 뚱보가 되는 건 싫다!

ne*/a.gi.ga/dung.bo.ga/dwe.neun/go*n/sil.ta

我不要我的孩子變成胖子。

單字

촌닭	名詞
chon.dak	土包子

例 왜 그런 옷 입어? 촌닭 같아.

we*/geu.ro*n/ot/i.bo*//chon.dak/ga.ta

你怎麼穿那種衣服，跟土包子一樣！

單字

얼짱	名詞
o*l.jjang	臉蛋好看的人

例 그는 얼짱이라서 인기가 많다.

geu.neun/o*l.jjang.i.ra.so*/in.gi.ga/man.ta

他長得帥，所以很受歡迎。

單字

얼꽝	名詞
o*l.gwang	長相醜陋的人

例 얼꽝녀는 얼짱녀로 변신할 수 있을까?

o*l.gwang.nyo*.neun/o*l.jjang.nyo*.ro/byo*n.sin.

hal/ssu/i.sseul.ga

醜女可以變成美女嗎？

單字

S 라인	名詞
s.ra.in	S 型曲線

例 S 라인을 가진 여자.

s.ra.i.neul/ga.jin/yo*.ja

擁有 S 型曲線的女生。

主題單字

個性

성격은 타고난다.

個性是天生的。

延伸單字

單字

성격	**名詞**
so*ng.gyo*k	性格、個性

例 성격이 어때요?

so*ng.gyo*.gi o*.de*.yo

他的性格怎麼樣？

單字

자뻑	**名詞**
ja.bo*k	自大、自戀

例 너무 자뻑 하지 마라.

no*.mu/ja.bo*k/ha.ji/ma.ra

你不要太自大了！

單字

싸가지가 없다	**詞組**
ssa.ga.ji.ga/o*p.da	沒禮貌

例 정말 싸가지가 없구나.

jo*ng.mal/ssa.ga.ji.ga/o*p.gu.na

你真得很沒禮貌耶！

單字

마마보이	**名詞**
ma.ma.bo.i	媽寶

例 마마보이 남친이랑 헤어졌다.

ma.ma.bo.i/nam.chi.ni.rang/he.o*.jo*t.da

我跟媽寶的男朋友分手了。

單字

내성적	**名詞**
ne*.so*ng.jo*k	內向的

例 내성적이라고 생각합니다.

ne*.so*ng.jo*.gi.ra.go/se*ng.ga.kam.ni.da

我覺得有些內向。

單字

외향적	名詞
we.hyang.jo*k	外向的

例 성격은 외향적이에요? 내성적이에요?

so*ng.gyo*.geun/we.hyang.jo*.gi.e.yo//ne*.so*ng.
jo*.gi.e.yo

你的個性是外向還是內向？

單字

사교적	名詞
sa.gyo.jo*k	社交的

例 저는 사교적입니다.

jo*.neun/sa.gyo.jo*.gim.ni.da

我善於交際。

單字

급하다	形容詞
geu.pa.da	急躁、暴躁

例 그의 성격은 급해요.

geu.ui/so*ng.gyo*.geun/geu.pe*.yo

他的性子急。

單字

수줍다	形容詞
su.jup.da	害羞

例 저는 수줍고 내성적인 성격입니다.

so*ng.gyo*.geun/we.hyang.jo*.gi.e.yo//ne*.so*ng.
jo*.gi.e.yo

我是害羞又內向的個性。

單字

조용하다	形容詞
jo.yong.ha.da	安靜

例 그녀는 수줍고 매우 조용한 사람이야.

geu.nyo*.neun/su.jup.go/me*.u/jo.yong.han/sa.ra.
mi.ya

她是害羞又安靜的人。

單字

활발하다	形容詞
hwal.bal.ha.da	活潑

例 그 남자 아이는 아주 활발해요.

geu/nam.ja/a.i.neun/a.ju/hwal.bal.he*.yo

那小男孩很活潑。

單字

말이 많다	詞組
ma.ri/man.ta	話多

例 아주 좋은 상사이지만 말이 좀 많아요.

a.ju/jo.eun/sang.sa.i.ji.man/ma.ri/jom/ma.na.yo

他是很不錯的上司，但是話有點多。

單字

유머 감각	詞組
yu.mo*/gam.gak	幽默感

例 그는 유머 감각이 없습니다.

geu.neun/yu.mo*/gam.ga.gi/o*p.sseum.ni.da

他不懂幽默。

單字

착하다	形容詞
cha.ka.da	乖巧、善良

例 그녀는 예쁘고 착해요.

geu.nyo*.neun/ye.beu.go/cha.ke*.yo

她長得漂亮又善良。

單字

게으르다	形容詞
ge.eu.reu.da	懶惰

例 그는 게을러요.

geu.neun/ge.eul.lo*.yo

他很懶惰。

單字

인내심이 있다	詞組
in.ne*.si.mi/it.da	有耐心

例 나는 인내심이 있는 사람이 아니에요.

na.neun/in.ne*.si.mi/in.neun/sa.ra.mi/a.ni.e.yo

我不是有耐心的人。

主題單字

職業

일이 즐겁다면 인생은 극락이다.

工作快樂便是極樂人生。

延伸單字

單字

직업	名詞
ji.go*p	職業

例 저의 직업은 우체국 직원입니다.

jo*.ui/ji.go*.beun/u.che.guk/ji.gwo.nim.ni.da

我的職業是郵局職員。

單字

선생님	名詞
so*n.se*ng.nim	老師

例 선생님, 오늘 숙제가 너무 많습니다.

so*n.se*ng.nim//o.neul/ssuk.jje.ga/no*.mu/man.

sseum.ni.da

老師，今天的作業太多了。

單字

경찰	名詞
gyo*ng.chal	警察

例 나가지 않으면 경찰 부를 거예요!

na.ga.ji/a.neu.myo*n/gyo*ng.chal/bu.reul/go*.ye.yo

你不出去的話，我就要叫警察了。

單字

군인	名詞
gu.nin	軍人

例 저는 직업 군인이 되고 싶습니다.

jo*.neun/ji.go*p/gu.ni.ni/dwe.go/sip.sseum.ni.da

我想當職業軍人。

單字

가정주부	名詞
ga.jo*ng.ju.bu	家庭主婦

例 우리 엄마는 아주 평범한 가정주부세요.

u.ri/o*m.ma.neun/a.ju/pyo*ng.bo*m.han/ga.jo*ng.ju.bu.se.yo

我媽媽是很平凡的家庭主婦。

單字

변호사	名詞
byo*n.ho.sa	律師

例 돈이 없어서 변호사를 구할 수 없다.

do.ni/o*p.sso*.so*/byo*n.ho.sa.reul/gu.hal/ssu/o*p.da

沒有錢無法請律師。

單字

사업가	名詞
sa.o*p.ga	商人

例 사업가가 되려면 자본과 기술이 필요하다.

sa.o*p.ga.ga/dwe.ryo*.myo*n/ja.bon.gwa/gi.su.ri/pi.ryo.ha.da

想當商人就需要資本與技術。

單字

공무원	名詞
gong.mu.won	公務員

例 대부분 대학생들은 모두 공무원이 되려고
한다.

de*.bu.bun/de*.hak.sse*ng.deu.reun/mo.du/gong.
mu.wo.ni/dwe.ryo*.go/han.da

大部分的大學生都想當公務員。

單字

정치가	名詞
jo*ng.chi.ga	政治家

例 정치계에 정말 깨끗한 정치가가 있을까?

jo*ng.chi.gye.e/jo*ng.mal/ge*.geu.tan/jo*ng.chi.ga.
ga/i.sseul.ga

政治圈裡真的有清廉的政治家嗎？

單字

요리사	名詞
yo.ri.sa	廚師

例 이 레스토랑에 실력 있는 요리사가 몇 명
있다.

i/re.seu.to.rang.e/sil.lyo*k/in.neun/yo.ri.sa.ga/myo*
t/myo*ng/it.da

這間餐廳有幾名有實力的廚師。

單字

세일즈맨	名詞
se.il.jeu.me*n	銷售員

例 세일즈맨에게 제일 중요한 것은 신용도이 다.

se.il.jeu.me*.ne.ge/je.il/jung.yo.han/go*.seun/si. nyong.do.i.da

對銷售員而言最重要的是信譽。

單字

엔지니어	名詞
en.ji.ni.o*	工程師

例 저는 소프트웨어 엔지니어입니다.

jo*.neun/so.peu.teu.we.o*/en.ji.ni.o*.im.ni.da

我是軟體工程師。

單字

건축사	名詞
go*n.chuk.ssa	建築師

例 이 건물을 설계한 건축사는 누구입니까?

i/go*n.mu.reul/sso*l.gye.han/go*n.chuk.ssa.neun/ nu.gu.im.ni.ga

設計這棟建築物的建築師是誰？

單字

회사원	名詞
hwe.sa.won	公司職員、上班族

• track 250

例 저는 영화와 요리를 좋아하는 평범한 회
사원입니다.

jo*.neun/yo*ng.hwa.wa/yo.ri.reul/jjo.a.ha.neun/
pyo*ng.bo*m.han/hwe.sa.wo.nim.ni.da

我是喜歡看電影和做料理的平凡上班族。

單字

회계사	名詞
hwe.gye.sa	會計師

例 공인회계사 시험에 합격했다니 정말 대단
합니다.

gong.in.hwe.gye.sa/si.ho*.me/hap.gyo*.ke*t.da.ni/
jo*ng.mal/de*.dan.ham.ni.da

居然考上了公認會計師考試太厲害了。

單字

기자	名詞
gi.ja	記者

例 그 여배우가 오늘 기자회견을 열었어요.

geu/yo*.be*.u.ga/o.neul/gi.ja.hwe.gyo*.neul/yo*.
ro*.sso*.yo

那位女演員今天招開了記者會。

單字

소방관	名詞
so.bang.gwan	消防隊員

韓語單字真有趣

例 건물 화재 사고로 소방관 세 명이 순직했다.

go*n.mul/hwa.je*/sa.go.ro/so.bang.gwan/se/myo*ng.i/sun.ji.ke*t.da

因建築物火災事故，有三名消防隊員殉職。

單字

항공 승무원	名詞
hang.gong/seung.mu.won	航空乘務員、空姐

例 항공 승무원 키 제한은 162 센티입니다.

hang.gong/seung.mu.won/ki/je.ha.neun/be*.gyuk.ssi.bi.sen.ti.im.ni.da

空姐的身高限制是162公分。

單字

아나운서	名詞
a.na.un.so*	播音員、主播

例 아나운서는 외모도 중요하지만 목소리도 좋아야한다.

a.na.un.so*.neun/we.mo.do/jung.yo.ha.ji.man/mok.sso.ri.do/jo.a.ya.han.da

主播不但外表很重要，聲音也要好聽。

單字

은행원	名詞
eun.he*ng.won	銀行員

例 은행원 한 명이 담당하는 업무는 셀 수 없이 많다.

eun.he*ng.won/han/myo*ng.i/dam.dang.ha.neun/o*m.mu.neun/sel/su/o*p.ssi/man.ta

一位銀行員所負責的業務多到數不清。

單字

노동자	名詞
no.dong.ja	工人

例 5월 1일은 노동자의 날이다.

o.wol/i.ri.reun/no.dong.ja.ui/na.ri.da

5月1號是勞工節。

單字

농부	名詞
nong.bu	農夫

例 농부들이 새벽부터 일어나 논밭에 가서 일해요.

nong.bu.deu.ri/se*.byo*k.bu.to*/i.ro*.na/non.ba.te/ga.so*/il.he*.yo

農夫們清晨就起床去田地工作。

單字

운전기사	名詞
un.jo*n.gi.sa	司機

例 운전기사를 모집합니다. 연락 주세요.

un.jo*n.gi.sa.reul/mo.ji.pam.ni.da//yo*l.lak/ju.se.yo

這裡招募司機，請與我們連絡。

單字

가수	名詞
ga.su	歌手

例 그는 가수이자 배우이다.

geu.neun/ga.su.i.ja/be*.u.i.da

她既是歌手又是演員。

單字

배우	名詞
be*.u	演員

例 배우가 되는 길이 그리 쉽지 않습니다.

be*.u.ga/dwe.neun/gi.ri/geu.ri/swip.jji/an.sseum.ni.
da

邁向演員之路並不容易。

單字

일하다	動詞
il.ha.da	工作、做事

例 어디서 일하세요?

o*.di.so*/il.ha.se.yo

你在哪工作？

單字

출근하다	動詞
chul.geun.ha.da	上班

例 매일 아침 아홉 시에 출근합니다.
me*.il/a.chim/a.hop/si.e/chul.geun.ham.ni.da
我每天早上九點上班。

單字

퇴근하다	動詞
twe.geun.ha.da	下班

例 오늘 몇 시에 퇴근하십니까?
o.neul/myo*t/si.e/twe.geun.ha.sim.ni.ga
您今天幾點下班?

單字

출장을 가다	詞組
chul.jang.eul/ga.da	出差

例 사장님께서는 해외에 출장을 가셨습니다.
sa.jang.nim.ge.so*.neun/he*.we.e/chul.jang.eul/ga.
syo*t.sseum.ni.da
社長去國外出差了。

單字

잔업	名詞
ja.no*p	加班

例 오늘도 잔업이네. 빨리 집에 가고 싶다.
o.neul.do/ja.no*.bi.ne/bal.li/ji.be/ga.go/sip.da
今天也要加班啊!好想趕快回家。

單字

회의	名詞
hwe.ui	會議

⑩ 회의 중에 핸드폰은 잠시 꺼 주시기 바랍니다.

hwe.ui/jung.e/he*n.deu.po.neun/jam.si/go*/ju.si.gi/ba.ram.ni.da

開會時,請暫時關閉手機電源。

單字

일자리를 구하다	詞組
il.ja.ri.reul/gu.ha.da	找工作

⑩ 저 사실은 지금 일자리를 구하고 있는 중입니다.

jo*/sa.si.reun/ji.geum/il.ja.ri.reul/gu.ha.go/in.neun/jung.im.ni.da

其實我現在在找工作。

單字

그만두다	動詞
geu.man.du.da	辭職

⑩ 저는 이제 회사를 그만두고 싶습니다.

jo*.neun/i.je/hwe.sa.reul/geu.man.du.go/sip.sseum.ni.da

我現在想辭職了。

單字

아르바이트를 하다	詞組
a.reu.ba.i.teu.reul/ha.da	打工

例 형은 방학 때마다 아르바이트를 하여 학비를 벌어요.

hyo*ng.eun/bang.hak/de*.ma.da/a.reu.ba.i.teu.reul/
ha.yo*/hak.bi.reul/bo*.ro*.yo

哥哥每次放假都會去打工賺學費。

單字

취직하다	動詞
chwi.ji.ka.da	就業、就職

例 나 합격했대. 드디어 취직했어.

na/hap.gyo*.ke*t.de*//deu.di.o*/chwi.ji.ke*.sso*

我合格了，我終於就業了！

單字

퇴직하다	動詞
twe.ji.ka.da	退休

例 아버지는 작년에 퇴직하셨다.

a.bo*.ji.neun/jang.nyo*.ne/twe.ji.ka.syo*t.da

爸爸去年退休了。

 韓語單字真有趣

 • track 257

主題單字

信仰

당신은 신의 존재를 믿습니까?

你相信神的存在嗎？

延伸單字

單字

종교	名詞
jong.gyo	宗教

例 종교를 가지고 있습니까?

jong.gyo.reul/ga.ji.go/it.sseum.ni.ga

你有信仰宗教嗎？

單字

신앙	名詞
si.nang	信仰

例 기독교인들이 믿는 신앙은 무엇인가?
gi.dok.gyo.in.deu.ri/min.neun/si.nang.eun/mu.o*.
sin.ga
基督教人深信的信仰是什麼？

單字

천국	名詞
cho*n.guk	天國、天堂

例 여기는 정말 천국 같습니다.
yo*.gi.neun/jo*ng.mal/cho*n.guk/gat.sseum.ni.da
這裡真的很像天堂。

單字

지옥	名詞
ji.ok	地獄

例 나쁜 짓을 하면 죽어서 지옥으로 간다.
na.beun/ji.seul/ha.myo*n/ju.go*.so*/ji.o.geu.ro/gan.
da
做壞事死了會下地獄。

單字

불교	名詞
bul.gyo	佛教

例 저는 불교입니다.

jo*.neun/bul.gyo.im.ni.da

我是佛教。

單字

기독교	名詞
gi.dok.gyo	基督教

例 나는 기독교 신도입니다.

na.neun/gi.dok.gyo/sin.do.im.ni.da

我是基督教信徒。

單字

천주교	名詞
cho*n.ju.gyo	天主教

例 천주교와 기독교는 어떤 차이가 있습니까?

cho*n.ju.gyo.wa/gi.dok.gyo.neun/o*.do*n/cha.i.ga/
it.sseum.ni.ga

天主教和基督教有哪些差異?

單字

이슬람교	名詞
i.seul.lam.gyo	伊斯蘭教

例 이슬람 교도들은 돼지고기를 먹지 않는다.

i.seul.lam/gyo.do.deu.reun/dwe*.ji.go.gi.reul/mo*k.
jji/an.neun.da

伊斯蘭教徒不吃豬肉。

單字

힌두교	名詞
hin.du.gyo	印度教

例 힌두 교도들은 소를 신성시하여 숭배한다.

hin.du/gyo.do.deu.reun/so.reul/ssin.so*ng.si.ha.yo*/
sung.be*.han.da

印度教徒們將牛視為神聖並加以崇拜。

單字

신	名詞
sin	神

例 신을 믿지 않습니다.

si.neul/mit.jji/an.sseum.ni.da

我不信神。

單字

예수님	名詞
ye.su.nim	耶穌

例 예수님을 믿으면 구원을 받습니다.

ye.su.ni.meul/mi.deu.myo*n/gu.wo.neul/bat.sseum.
ni.da

信耶穌得救恩。

單字

스님	名詞
seu.nim	和尚

例 스님은 고기를 먹으면 안 돼요.

seu.ni.meun/go.gi.reul/mo*.geu.myo*n/an/dwe*.yo

和尚不可以吃肉。

單字

기도	名詞
gi.do	祈禱、禱告

例 나는 식사를 하기 전에 기도를 해요.

na.neun/sik.ssa.reul/ha.gi/jo*.ne/gi.do.reul/he*.yo

我用餐前會禱告。

單字

불경	名詞
bul.gyo*ng	佛經

例 불경이란 불교의 경전을 말한다.

bul.gyo*ng.i.ran/bul.gyo.ui/gyo*ng.jo*.neul/mal.han.da

佛經就是指佛教的經典。

單字

성경	名詞
so*ng.gyo*ng	聖經

例 성경은 총 66권입니다.

so*ng.gyo*ng.eun/chong/yuk.ssi.byo*.so*t.gwo.nim.ni.da

聖經總共有66卷書。

單字

교회	名詞
gyo.hwe	教會

例 나는 주말마다 교회에 가요.

na.neun/ju.mal.ma.da/gyo.hwe.e/ga.yo

我每個星期都會去教會。

單字

예배	名詞
ye.be*	禮拜

例 이 교회의 예배시간 좀 알려 주세요.

i/gyo.hwe.ui/ye.be*.si.gan/jom/al.lyo*/ju.se.yo

請告訴我這間教會的禮拜時間。

單字

절	名詞
jo*l	佛寺、寺廟

例 절에 가면 스님을 만날 수 있다.

jo*.re/ga.myo*n/seu.ni.meul/man.nal/ssu.it.da

去佛寺可以見到師父。

主題單字

國籍

저의 국적은 대만입니다.

我的國籍是台灣。

延伸單字

單字

대만	名詞
de*.man	台灣

例 여러분, 대만으로 놀러 오세요.

yo*.ro*.bun//de*.ma.neu.ro/nol.lo*/o.se.yo

各位，來台灣玩吧。

單字

중국	名詞
jung.guk	中國

例 중국의 만리장성을 가 본 적이 있나요?

jung.gu.gui/mal.li.jang.so*ng.eul/ga/bon/jo*.gi/in.na.yo

你有去過中國的萬里長城嗎？

單字

일본	名詞
il.bon	日本

例 일본은 온천이 많은 나라입니다.

il.bo.neun/on.cho*.ni/ma.neun/na.ra.im.ni.da

日本是有很多温泉的地方。

單字

한국	名詞
han.guk	韓國

例 한국에 놀러 갔을 때 한복을 입어 봤다.

han.gu.ge/nol.lo*/ga.sseul/de*/han.bo.geul/i.bo*/bwat.da

去韓國玩的時候有穿韓服。

單字

미국	名詞
mi.guk	美國

例 미국 가는 왕복 비행기표는 대략 얼마정도예요?

mi.guk/ga.neun/wang.bok/bi.he*ng.gi.pyo.neun/de*.ryak/o*l.ma.jo*ng.do.ye.yo

去美國的往返機票大概多少錢？

單字

캐나다	名詞
ke*.na.da	加拿大

例 캐나다의 풍경은 너무나 아름답습니다.

ke*.na.da.ui/pung.gyo*ng.eun/no*.mu.na/a.reum.dap.sseum.ni.da

加拿大的風景實在太美了。

單字

영국	名詞
yo*ng.guk	英國

例 미국식 영어와 영국식 영어의 차이점.

mi.guk.ssik/yo*ng.o*.wa/yo*ng.guk.ssik/yo*ng.o*.ui/cha.i.jo*m

美式英語和英式英語的差異點。

單字

프랑스	名詞
peu.rang.seu	法國

例 이건 프랑스의 명품 브랜드 가방이에요.

i.go*n/peu.rang.seu.ui/myo*ng.pum/beu.re*n.deu/

ga.bang.i.e.yo

這個是法國的名牌包包。

單字

독일	名詞
do.gil	德國

例 독일어 배우기 어렵나요?

do.gi.ro*/be*.u.gi/o*.ryo*m.na.yo

德語很難學嗎？

單字

러시아	名詞
ro*.si.a	俄羅斯

例 러시아는 전세계에서 가장 국토면적이 넓
은 나라다.

ro*.si.a.neun/jo*n.se.gye.e.so*/ga.jang/guk.to.myo*

n.jo*.gi/no*p.eun/na.ra.da

俄羅斯是世界國土面積最大的國家。

單字

이탈리아	名詞
i.tal.li.a	義大利

例 파스타는 이탈리아의 음식 중 하나이다.

pa.seu.ta.neun/i.tal.li.a.ui/eum.sik/jung/ha.na.i.da

義大利麵是義大利的飲食之一。

單字

태국	名詞
te*.guk	泰國

例 태국 파타야 티파니쇼는 세계적으로 유명
합니다.

te*.guk/pa.ta.ya/ti.pa.ni.syo.neun/se.gye.jo*.geu.ro/
yu.myo*ng.ham.ni.da

泰國芭達雅蒂芬妮秀世界知名。

單字

베트남	名詞
be.teu.nam	越南

例 베트남의 관광명소를 좀 소개해 주세요.

be.teu.na.mui/gwan.gwang.myo*ng.so.reul/jjom/so.
ge*.he*/ju.se.yo

請介紹我越南有名的觀光景點。

Chapter 7

한국인이 자주 쓰는 관용어를 배워 봅시다.

一起學習韓國人最常用的慣用語吧！

主題單字

愛情

사랑이란 표현하지 않으면, 오래
가지 못한다.

愛，如果不表達就不會長久。

延伸單字

單字

사랑에 빠지다	**詞組**
sa.rang.e/ba.ji.da	墜入愛河

例 난 사랑에 빠진 것 같아.

nan/sa.rang.e/ba.jin/go*t/ga.ta

我好像墜入愛河了。

單字

첫눈에 반하다	詞組
cho*n.nu.ne/ban.ha.da	一見鍾情

例 내가 태어나서 첫눈에 반한 남자가 두 명
있었다.

ne*.ga/te*.o*.na.so*/cho*n.nu.ne/ban.han/nam.ja.
ga/du/myo*ng/i.sso*t.da

自我出生起一見鍾情的男生有兩位。

單字

프로포즈를 받다	詞組
peu.ro.po.jeu.reul/bat.da	被求婚

例 남자친구한테 프로포즈를 받았어요.

nam.ja.chin.gu.han.te/peu.ro.po.jeu.reul/ba.da.sso*.
yo

男朋友跟我求婚了。

單字

내숭을 떨다	詞組
ne*.sung.eul/do*l.da	裝模作樣

例 제발 내숭 떨지 마. 완전 짜증난다고.

je.bal/ne*.sung/do*l.ji/ma/wan.jo*n/jja.jeung.nan.
da.go

拜託不要裝模作樣，真的很煩！

單字

선을 보다	詞組
so*.neul/bo.da	相親

例 선을 봤는데 마음에 안 들었어요.
so*.neul/bwan.neun.de/ma.eu.me/an/deu.ro*.sso*.
yo
我去相親了但不滿意。

單字

시집을 가다	**詞組**
si.ji.beul/ga.da	嫁人

例 제가 시집을 못 가면 어떡해요?
je.ga/si.ji.beul/mot/ga.myo*n/o*.do*.ke*.yo
我如果嫁不掉怎麼辦？

單字

장가를 가다	**詞組**
jang.ga.reul/ga.da	娶老婆

例 올해에는 저도 장가를 가고 싶네요.
ol.he*.e.neun/jo*.do/jang.ga.reul/ga.go/sim.ne.yo
今年我也想娶老婆呢！

單字

바람을 피우다	**詞組**
ba.ra.meul/pi.u.da	劈腿、外遇

例 그 여자 누구야? 너 바람 피우는 거지?
geu/yo*.ja/nu.gu.ya//no*/ba.ram/pi.u.neun/go*.ji
那個女生是誰？你在搞外遇對吧？

單字

바람을 맞다	詞組
ba.ra.meul/mat.da	被放鴿子

例 나 바람 맞았어. 그 사람이 안 왔어.

na/ba.ram/ma.ja.sso*//geu/sa.ra.mi/an/wa.sso*

我被放鴿子了，他沒有來。

單字

양다리를 걸치다	詞組
yang.da.ri.reul/go*l.chi.da	腳踏兩條船

例 양다리를 걸치는 사람의 심리를 알고 싶다.

yang.da.ri.reul/go*l.chi.neun/sa.ra.mui/sim.ni.reul/
al.go/sip.da

我想知道腳踏兩條船的人在想什麼？

單字

속도위반	名詞
sok.do.wi.ban	速度達反、先有後婚

例 요즘 속도위반 결혼하는 커플들이 많아졌
네요.

yo.jeum/sok.do.wi.ban/gyo*l.hon.ha.neun/ko*.peul.
deu.ri/ma.na.jo*n.ne.yo

最近先有後婚的情侶變多了呢！

單字

첫날밤을 보내다	詞組
cho*n.nal.ba.meul/bo.ne*.da	度過新婚之夜

例 남편과 함께 보낸 첫날밤은 평생 잊을 수
없다.

nam.pyo*n.gwa/ham.ge/bo.ne*n/cho*n.nal.ba.

meun/pyo*ng.se*ng/i.jeul/ssu/o*p.da

跟老公一起度過的初夜這輩子都不會忘記。

單字

상사병에 걸리다	**詞組**
sang.sa.byo*ng.e/go*l.li.da	得到相思病

例 완전 상사병에 걸린 사람의 모습이다.

wan.jo*n/sang.sa.byo*ng.e/go*l.lin/sa.ra.mui/mo.

seu.bi.da

他根本就跟得了相思病的人一樣。

主題單字

追星

저는 언제나 오빠를 응원할게요.

我會永遠為哥哥你加油的！

延伸單字

單字

한류	**名詞**
hal.lyu	韓流

例 지금 아시아에서 한류 열풍이 불고 있다.

ji.geum/a.si.a.e.so*/hal.lyu/yo*l.pung.i/bul.go/it.da

現在亞洲正掀起韓流風潮。

單字

톱스타	名詞
top.sseu.ta	巨星、大牌明星

例 그 배우는 톱스타가 아니지만 연기를 잘 하네요.

geu/be*.u.neun/top.sseu.ta.ga/a.ni.ji.man/yo*n.gi.
reul/jjal/ha.ne.yo

那位演員雖不是巨星但演技很棒。

單字

팬클럽	名詞
pe*n.keul.lo*p	粉絲俱樂部

例 어떻게 하면 팬클럽에 가입할 수 있나요?

o*.do*.ke/ha.myo*n/pe*n.keul.lo*.be/ga.i.pal/ssu/
in.na.yo

要怎麼做才能加入粉絲俱樂部呢？

單字

스캔들	名詞
seu.ke*n.deul	醜聞

例 연예인의 스캔들이 터지면 엄청난 화제가 돼요.

yo*.nye.i.nui/seu.ke*n.deu.ri/to*.ji.myo*n/o*m.
cho*ng.nan/hwa.je.ga/dwe*.yo

如果爆出藝人的醜聞，將會成為很大的話題。

單字

앨범	名詞
e*l.bo*m	專輯

例 소녀시대의 새 앨범을 들었는데 완전 좋았어요.

so.nyo*.si.de*.ui/se*/e*l.bo*.meul/deu.ro*n.neun.de/wan.jo*n/jo.a.sso*.yo

我聽了少女時代的新專輯，太好聽了。

單字

생방송	名詞
se*ng.bang.song	現場直播

例 이번 행사는 생방송으로 방영할 것입니다.

i.bo*n/he*ng.sa.neun/se*ng.bang.song.eu.ro/bang.yo*ng.hal/go*.sim.ni.da

這次的活動會以現場直播的方式撥出。

單字

파파라치	名詞
pa.pa.ra.chi	狗仔隊

例 이것은 파파라치가 찍은 사진이다.

i.go*.seun/pa.pa.ra.chi.ga/jji.geun/sa.ji.ni.da

這是狗仔隊拍的照片。

單字

신인	名詞
si.nin	新人

例 전 아직은 신인이지만 열심히 노력하겠습
니다.

jo*n/a.ji.geun/si.ni.ni.ji.man/yo*l.sim.hi/no.ryo*.ka.
get.sseum.ni.da

雖然我還是新人，但我會好好努力的。

單字

데뷔하다	**動詞**
de.bwi.ha.da	出道

例 그 가수는 데뷔한 지 십년이 넘었습니다.

geu/ga.su.neun/de.bwi.han/ji/sim.nyo*.ni/no*.mo*t.
sseum.ni.da

那位歌手出道有十年了。

單字

영화를 찍다	**詞組**
yo*ng.hwa.reul/jjik.da	拍電影

例 어떤 장르의 영화를 찍고 싶나요?

o*.do*n/jang.neu.ui/yo*ng.hwa.reul/jjik.go/sim.na.
yo

你想拍什麼體裁的電影呢？

主題單字

校園

학교는 공부도 하고 친구도 사귀는 곳이다.

學校是學習和交友的地方。

延伸單字

單字

학교에 다니다	詞組
hak.gyo.e/da.ni.da	上學

例 매일 지하철을 타고 학교에 다녀요.
me*.il/ji.ha.cho*.reul/ta.go/hak.gyo.e/da.nyo*.yo
每天搭地鐵去學校上課。

單字

수업을 듣다	詞組
su.o*.beul/deut.da	聽課

例 나 지금 수업 들으러 가야 돼요.
na/ji.geum/su.o*p/deu.reu.ro*/ga.ya/dwe*.yo
我現在必須去上課。

單字

수업이 끝나다	詞組
su.o*.bi/geun.na.da	下課

例 수업이 벌써 끝났어요?
su.o*.bi/bo*l.sso*/geun.na.sso*.yo
你已經下課了嗎？

單字

수업을 땡땡이치다	詞組
su.o*.beul/de*ng.de*ng.i.chi.da	翹課

例 무슨 일이 있어도 수업 땡땡이치면 안 돼요.
mu.seun/i.ri/i.sso*.do/su.o*p/de*ng.de*ng.i.chi.myo*n/an/dwe*.yo
不管有什麼事，都不可以翹課。

單字

학점을 따다	詞組
hak.jjo*.meul/da.da	拿學分

例 졸업까지 필요한 백사십학점을 다 땄다.
jo.ro*p.ga.ji/pi.ryo.han/be*k.ssa.si.pak.jjo*.meul/
da/dat.da
畢業所需的140個學分我都拿到了。

單字

시험을 보다	**詞組**
si.ho*.meul/bo.da	應考

例 학생들이 교실에서 시험을 보고 있어요.
hak.sse*ng.deu.ri/gyo.si.re.so*/si.ho*.meul/bo.go/i.
sso*.yo
學生們正在教室裡考試。

單字

미역국을 먹다	**詞組**
mi.yo*k.gu.geul/mo*k.da	落榜

例 시험 보기 전날에 미역국 먹으면 안 된다.
si.ho*m/bo.gi/jo*n.na.re/mi.yo*k.guk/mo*.geu.
myo*n/an/dwen.da
考試前一天，不可以喝海帶湯。

單字

단어를 외우다	**詞組**
da.no*.reul/we.u.da	背單字

例 나는 단어 외우기를 너무 싫어해요.
na.neun/da.no*/we.u.gi.reul/no*.mu/si.ro*.he*.yo
我很討厭背單字。

單字

숙제를 하다	**詞組**
suk.jje.reul/ha.da	寫作業

例 아, 나는 숙제 하기 싫다.

a//na.neun/suk.jje/ha.gi/sil.ta

啊，我好討厭寫作業。

單字

～을/를 졸업하다	**詞組**
eul/reul/jjo.ro*.pa.da	從～畢業

例 대학을 졸업하면 뭘 할 겁니까?

de*.ha.geul/jjo.ro*.pa.myo*n/mwol/hal/go*m.ni.ga

你大學畢業後要做什麼？

主題單字

惡口

다른 사람과 싸울 때 욕을 하지
마라.

跟別人吵架時不要罵髒話。

延伸單字

單字

욕을 먹다	詞組
yo.geul/mo*k.da	挨罵、遭人侮辱

例 제가 지금 욕을 많이 먹고 있습니다.

je.ga/ji.geum/yo.geul/ma.ni/mo*k.go/it.sseum.ni.da

我正被人罵得很慘。

單字

바보	名詞
ba.bo	笨蛋

例 왜 그렇게 바보 같은 행동을 하냐고?

we*/geu.ro*.ke/ba.bo/ga.teun/he*ng.dong.eul/ha.nya.go

你怎麼會做出那麼愚蠢的行為？

單字

새끼	名詞
se*.gi	混蛋、崽子

例 이 새끼가 감히 누구한테 큰 소리를 치는 거야?

i/se*.gi.ga/gam.hi/nu.gu.han.te/keun/so.ri.reul/chi.neun/go*.ya

你這渾蛋現在你是在對誰大小聲？

單字

등신	名詞
deung.sin	傻瓜、笨蛋

例 너를 믿은 내가 등신이지.

no*.reul/mi.deun/ne*.ga/deung.si.ni.ji

相信你的我才是傻瓜。

單字

밥통	名詞
bap.tong	飯桶

例 널 알고 보니 정말 밥통 같은 놈이구나.

no*l/al.go/bo.ni/jo*ng.mal/bap.tong/ga.teun/no.mi.
gu.na

了解你之後才發現你真的是個飯桶！

單字	
놈	**名詞**
nom	傢伙

例 야, 이 나쁜 놈. 대체 어디로 간 거니?

ya//i/na.beun/nom//de*.che/o*.di.ro/gan/go*.ni

喂，你這壞傢伙，你到底去哪裡了？

單字	
년	**名詞**
nyo*n	ㄚ頭、娘們

例 닥쳐! 이 미친년아!

dak.cho*//i/mi.chin.nyo*.na

閉嘴！你這瘋娘們！

單字	
사이코	**名詞**
sa.i.ko	神經病

例 저거 완전 사이코 아니야?

jo*.go*/wan.jo*n/sa.i.ko/a.ni.ya

那根本就是神經病嘛！

單字

미친놈	名詞
mi.chin.nom	瘋子、神經病

例 어떤 미친놈이 내 차창을 깨뜨렸다.

o*.do*n/mi.chin.no.mi/ne*/cha.chang.eul/ge*.deu.
ryo*t.da

有個瘋子把我的車窗打破了。

單字

자식	名詞
ja.sik	傢伙、小傢伙

例 너처럼 양심 없는 자식은 천벌을 받을 거
야!

no*.cho*.ro*m/yang.sim/o*m.neun/ja.si.geun/cho*
n.bo*.reul/ba.deul/go*.ya

像你這種沒良心的傢伙會招天譴的。

單字

재수 없다	詞組
je*.su/o*p.da	倒胃口

例 너 정말 재수없어. 다시는 내 눈 앞에 나
타나지 마.

no*/jo*ng.mal/jje*.su.o*p.sso*//da.si.neun/ne*/nun/
a.pe/na.ta.na.ji/ma

你真的很倒胃口，不要再出現在我的眼前。

單字

기집애	名詞
gi.ji.be*	死丫頭

例 야, 이 기집애야. 내가 널 어떻게 키웠는데!

ya//i/gi.ji.be*.ya//ne*.ga/no*l/o*.do*.ke/ki.won.

neun.de

喂，你這死丫頭，我是怎麼把你養到那麼大的。

單字

병신	名詞
byo*ng.sin	廢物、廢人

例 이 병신아, 네가 뭘 안다고 지껄여.

i/byo*ng.si.na//ne.ga/mwol/an.da.go/ji.go*.ryo*

你這廢物，你懂什麼在那裡説三道四的。

主題單字

其他

인생은 짧고 하루는 길다.

人生短暫一天漫長。

延伸單字

單字

여행을 가다	詞組
yo*.he*ng.eul/ga.da	去旅行

例 휴가 때 같이 한국 여행 갈까요?

hyu.ga/de*/ga.chi/han.guk/yo*.he*ng/gal.ga.yo

休假的時候，要不要一起去韓國旅行？

單字

낚시질을 하다	**詞組**
nak.ssi.ji.reul/ha.da	釣魚

例 낚시질을 하면서 친구하고 얘기합니다.

nak.ssi.ji.reul/ha.myo*n.so*/chin.gu.ha.go/ye*.gi.

ham.ni.da

一邊釣魚一邊和朋友聊天。

單字

스키를 타다	**詞組**
seu.ki.reul/ta.da	滑雪

例 저 스키를 탈 줄 몰라요.

jo*/seu.ki.reul/tal/jjul/mol.la.yo

我不會滑雪。

單字

바비큐를 하다	**詞組**
ba.bi.kyu.reul/ha.da	烤肉

例 친구들과 바비큐를 하고 싶어요.

chin.gu.deul.gwa/ba.bi.kyu.reul/ha.go/si.po*.yo

我想跟朋友們一起烤肉。

單字

사진을 찍다	**詞組**
sa.ji.neul/jjik.da	拍照

例 여기서 사진을 찍어도 돼요?

yo*.gi.so*/sa.ji.neul/jji.go*.do/dwe*.yo

我可以在這裡拍照嗎？

單字

화투를 치다	詞組
hwa.tu.reul/chi.da	打花牌

例 엄마가 화투를 잘 치세요.

o*m.ma.ga/hwa.tu.reul/jjal/chi.se.yo

媽媽很會打花牌。

單字

시간을 내다	詞組
si.ga.neul/ne*.da	騰出時間

例 귀한 시간을 내 주셔서 감사합니다.

gwi.han/si.ga.neul/ne*/ju.syo*.so*/gam.sa.ham.ni.
da

感謝您撥出寶貴的時間。

單字

복권이 당첨되다	詞組
bok.gwo.ni/dang.cho*m.dwe.da	彩券中獎

例 어제 산 복권이 당첨됐어요.

o*.je/san/bok.gwo.ni/dang.cho*m.dwe*.sso*.yo

我昨天買的彩券中獎了。

單字

길을 잃다	詞組
gi.reul/il.ta	迷路

例 길을 잃지 않기 위해 지도 하나 샀어요.

gi.reul/il.chi/an.ki/wi.he*/ji.do/ha.na/sa.sso*.yo

為了不迷路，買了一張地圖。

單字

마음을 먹다	詞組
ma.eu.meul/mo*k.da	下定決心

例 마음만 먹으면 뭐든 할 수 있어요.

ma.eum.man/mo*.geu.myo*n/mwo.deun/hal/ssu/i.sso*.yo

只要下定決心，什麼都辦的到。

單字

겁이 많다	詞組
go*.bi/man.ta	膽怯、膽小

例 나는 겁이 많은 사람이다.

na.neun/go*.bi/ma.neun/sa.ra.mi.da

我是很膽小的人。

單字

손을 대다	詞組
so.neul/de*.da	觸摸、動手

例 손을 대지 마세요.

so.neul/de*.ji/ma.se.yo

請勿觸摸。

單字

박수를 치다	詞組
bak.ssu.reul/chi.da	拍手

例 큰 소리로 박수를 치세요.

keun/so.ri.ro/bak.ssu.reul/chi.se.yo

請大聲鼓掌。

單字

왕따를 당하다	詞組
wang.da.reul/dang.ha.da	被排擠

例 다시는 왕따를 당하고 싶지 않아요.

da.si.neun/wang.da.reul/dang.ha.go/sip.jji/a.na.yo

我再也不想被排擠了。

單字

신경을 쓰다	詞組
sin.gyo*ng.eul/sseu.da	操心、煩心

例 신경 쓰지 마세요.

sin.gyo*ng/sseu.ji/ma.se.yo

別放在心上。

單字

폐를 끼치다	詞組
pye.reul/gi.chi.da	打擾、添麻煩

例 번번이 와서 폐만 끼칩니다.

bo*n.bo*.ni/wa.so*/pye.man/gi.chim.ni.da

每次來都給您添麻煩。

單字

시간을 지키다	詞組
si.ga.neul/jji.ki.da	守時

例 약속 시간 꼭 지키세요.
yak.ssok/si.gan/gok/ji.ki.se.yo
請一定要守時。

單字

비가 오다	詞組
bi.ga/o.da	下雨

例 오늘 비가 오지만 시원해요.
o.neul/bi.ga/o.ji.man/si.won.he*.yo
今天雖然下雨，但很涼爽。

單字

비가 그치다	詞組
bi.ga/geu.chi.da	雨停

例 비가 그치지 않아서 정말 걱정됩니다.
bi.ga/geu.chi.ji/a.na.so*/jo*ng.mal/go*k.jjo*ng.
dwem.ni.da
雨下個不停，真的很擔心。

單字

운이 좋다	詞組
u.ni/jo.ta	運氣好

 韓語單字真有趣

• track 292

例 운이 좋으면 연예인들을 만날 수도 있다.
u.ni/jo.eu.myo*n/yo*.nye.in.deu.reul/man.nal/ssu.do/it.da

如果運氣好的話，也許可以見得到藝人。

單字

햇빛이 강하다	**詞組**
he*t.bi.chi/gang.ha.da	陽光很強

例 요즘 햇빛이 너무 강해서 선글라스를 써야 해요.
yo.jeum/he*t.bi.chi/no*.mu/gang.he*.so*/so*n.geul.la.seu.reul/sso*.ya/he*.yo

最近陽光很強需要戴太陽眼鏡。

單字

태풍이 오다	**詞組**
te*.pung.i/o.da	颱風來

例 태풍이 오면 집 안에 있는 게 좋아요.
te*.pung.i/o.myo*n/jip/a.ne/in.neun/ge/jo.a.yo

颱風來的話最好是待在家。

單字

표를 예약하다	**詞組**
pyo.reul/ye.ya.ka.da	訂票

例 비행기 표를 예약했어요?
bi.he*ng.gi/pyo.reul/ye.ya.ke*.sso*.yo

你訂好飛機票了嗎？

單字

점수를 받다	詞組
jo*m.su.reul/bat.da	得分

例 열심히 공부해야 좋은 점수를 받을 수 있어요.

yo*l.sim.hi/gong.bu.he*.ya/jo.eun/jo*m.su.reul/ba.deul/ssu/i.sso*.yo

要認真讀書，才可以拿到好成績。

單字

면접을 보다	詞組
myo*n.jo*.beul/bo.da	面試

例 면접을 봤으나 떨어졌어요.

myo*n.jo*.beul/bwa.sseu.na/do*.ro*.jo*.sso*.yo

去面試了，但是落選了。

單字

다림질을 하다	詞組
da.rim.ji.reul/ha.da	燙衣服

例 세탁하고 나서 다림질을 해요.

se.ta.ka.go/na.so*/da.rim.ji.reul/he*.yo

洗衣服之後燙衣服。

單字

머리카락이 빠지다	詞組
mo*.ri.ka.ra.gi/ba.ji.da	掉髮

例 머리카락이 자주 빠져요.

mo*.ri.ka.ra.gi/ja.ju/ba.jo*.yo

經常掉頭髮。

單字

머리를 감다	詞組
mo*.ri.reul/gam.da	洗頭

例 여름철에는 하루에 한 번 머리를 감아요.

yo*.reum.cho*.re.neun/ha.ru.e/han/bo*n/mo*.ri.

reul/ga.ma.yo

夏季一天洗一次頭。

單字

신발을 벗다	詞組
sin.ba.reul/bo*t.da	脫鞋

例 안에 들어가기 전에 신발을 벗으세요.

a.ne/deu.ro*.ga.gi/jo*.ne/sin.ba.reul/bo*.seu.se.yo

進去之前,請先脫鞋。

單字

발이 넓다	詞組
ba.ri/no*p.da	交際廣

例 그는 발이 넓어서 아는 사람이 많다.

geu.neun/ba.ri/no*p.o*.so*/a.neun/sa.ra.mi/man.ta

他交際廣,認識的人很多。

單字

손을 잡다	詞組
so.neul/jjap.da	牽手、握手

例 그렇게 무서우면 내 손을 잡아요.
geu.ro*.ke/mu.so*.u.myo*n/ne*/so.neul/jja.ba.yo
那麼害怕的話就握著我的手吧。

單字

공을 던지다	詞組
gong.eul/do*n.ji.da	投球

例 팔로 공을 던져요.
pal.lo/gong.eul/do*n.jo*.yo
用手臂投球。

單字

피부가 타다	詞組
pi.bu.ga/ta.da	皮膚曬黑

例 피부가 햇볕에 너무 탔어요.
pi.bu.ga/he*t.byo*.te/no*.mu/ta.sso*.yo
皮膚被太陽曬得很黑。

單字

버스카드를 찍다	詞組
bo*.seu.ka.deu.reul/jjik.da	刷交通卡

例 버스에서 내렸을 때 버스카드 안 찍었다.

bo*.seu.e.so*/ne*.ryo*.sseul/de*/bo*.seu.ka.deu/an/
jji.go*t.da

下公車時沒有刷交通卡。

單字

별명을 짓다	**詞組**
byo*l.myo*ng.eul/jjit.da	取外號

例 그런 별명 짓지 마.

geu.ro*n/byo*l.myo*ng/jit.jji ma

別取那種外號。

單字

관심이 많다	**詞組**
gwan.si.mi/man.ta	很感興趣

例 한국 문화에 대해 관심이 많아요.

han.guk/mun.hwa.e/de*.he*/gwan.si.mi/ma.na.yo

我對韓國文化很感興趣。

單字

나무를 심다	**詞組**
na.mu.reul/ssim.da	種樹

例 정원에서 귤나무를 심었어요.

jo*ng.wo.ne.so*/gyul.la.mu.reul/ssi.mo*.sso*.yo

在庭園種了橘子樹。

單字

비밀번호를 잊다	詞組
bi.mil.bo*n.ho.reul/it.da	忘記密碼

例 비밀번호는 절대 잊지 마세요.
bi.mil.bo*n.ho.neun/jo*l.de*/it.jji/ma.se.yo
密碼絕對不可以忘記。

單字

좌석을 바꾸다	詞組
jwa.so*.geul/ba.gu.da	換位子

例 좌석을 바꿔 줄 수 있습니까?
jwa.so*.geul/ba.gwo/jul/su/it.sseum.ni.ga
可以幫我換位子嗎？

單字

안전벨트를 매다	詞組
an.jo*n.bel.teu.reul/me*.da	繫安全帶

例 비행기가 곧 착륙할 예정이니 안전벨트를 매 주십시오.
bi.he*ng.gi.ga/got/chang.nyu.kal/ye.jo*ng.i.ni/an.jo*n.bel.teu.reul/me*/ju.sip.ssi.o
飛機馬上要降落了，請繫上安全帶。

單字

안전벨트를 풀다	詞組
an.jo*n.bel.teu.reul/pul.da	解開安全帶

例 지금 안전벨트를 풀어도 됩니까?

ji.geum/an.jo*n.bel.teu.reul/pu.ro*.do/dwem.ni.ga

現在可以解開安全帶嗎?

單字

김밥을 싸다	**詞組**
gim.ba.beul/ssa.da	包紫菜飯捲

例 이건 우리 엄마가 싸 주신 김밥이야. 먹어
봐.

i.go*n/u.ri/o*m.ma.ga/ssa/ju.sin/gim.ba.bi.ya//mo*.
go*/bwa

這是我媽媽包的紫菜飯捲,你嘗嘗看。

單字

만두를 빚다	**詞組**
man.du.reul/bit.da	包水餃

例 한 번도 만두를 빚어 본 적 없어요.

han.bo*n.do/man.du.reul/bi.jo*/bon/jo*k/o*p.sso*.
yo

我一次也沒有包過水餃。